「ミルク。……どうやっ
潜めた声で、また嶋田が
た。
illustration by CHIHARU NARA

苺乳の秘密～後輩の甘い乳首が狙われてる～

バーバラ片桐
BARBARA KATAGIRI

イラスト
奈良千春
CHIHARU NARA

CONTENTS

〔一〕

何か心地よい声が、テレビから流れてきた。

野崎悠樹は、帰宅途中で母の秘書から差し入れてもらった料亭弁当を、ダイニングテーブルに乗せた。一人暮らしが始まるまでは、帰宅すれば何もかもが家政婦によって心地よく整えられていたが、今は何でも自分でしなければならない。

それでも、自立しようと選んだ道だから、不満はなかった。箱入りの財閥三男坊として育てられてきたから、少しは苦労というものを、自分は知っておかなければいけない気がするのだ。

それでも、問題なのが料理だった。幼いころから舌の肥えた両親に連れられて、名店と呼ばれる飲食店で食事をしてきたその影響があるのか、添加物の多い料理は口に合わない。結局こうして、なんやかやと差し入れてもらうことになる。

「……いただきます」

悠樹はダイニングテーブルの前に座って、一人で手を合わせた。

それから何気なくテレビ画面に視線を向けたとき、ハッと息を呑む。

そこに映し出されていたのは、端整な顔立ちの青年だった。パティシエの白衣を身につけ、真剣な横顔を見せている。

――嶋田碧人先輩……！

思いがけず、その姿を目にしたことで、大きく鼓動が鳴り響いた。

悠樹の高校時代の先輩だ。昔からとてもハンサムだったが、あれから十年以上が経った今、落ち着いた男の色気がさらに何倍にも増しているように思える。

息を詰めて、食い入るように彼の姿を見てしまう。

とある出来事があってからは、嶋田を避けるようになっていた。だがずっと彼のことは、心の奥底に残っていた。

特に最近では、こうして何かとメディアに現れるからだ。タレントとして積極的に売りこんでいるわけではないだろうから、この容姿も麗しい天才パティシエをマスコミが放っておかないだけだろう。

そのマスコミによれば、嶋田は国内国外のパティシエコンテストで、何度も優勝しているらしい。メディア映えする姿に加えて、国内高級ホテルチェーンの御曹司、というプロフィールが加わる。

今日も思いがけないタイミングで、彼を目にすることになった。

夕食を食べるのも忘れて、悠樹は画面に見入る。

嶋田が出演していたのは、少し堅めのニュース報道番組のようだ。パリで開かれた世界的なパティシエコンテストに出場し、そこで優勝したときのことが、密着取材されている。

チーム制の国際大会が多い中で、このコンテストでは一人のパティシエが全ての作品を作り上げる。飴細工とアントルメショコラを、十五時間以内に作成するというルールらしい。

――アントルメショコラっていうのは、チョコレートケーキって意味だよな。

まずはどんな作品にするのか、嶋田が日本でそのデザインを作成し、試作する姿が映される。

それから、現地のコンテストへと乗りこむのだ。

嶋田の手によって、ダイナミックかつ繊細な花の飴細工が作られていくのを、悠樹は奇跡のように見守った。

彼は日本の文化というのが、海外でどのように評価されるのか熟知しているらしい。伝統と斬新さを合わせ取ったデザインは、二十八歳の悠樹の目にも魅力的に映る。

日本とは勝手の違う海外のコンテスト会場でいくつかのトラブルはあったものの、嶋田はそれらの一つ一つを落ち着いて解決し、ライバルを助け、時間ギリギリまで粘り強く挑戦していた。

そんな嶋田の姿は、人格的にも素晴らしく見えた。

――変わってないな、先輩。

ふう、と悠樹の口から、ため息が漏れた。

昔から嶋田は、あふれるような創造性を持っていた。なおかつ、何ものにも縛られない自由な姿は、悠樹の憧れでもあった。

国内高級ホテルチェーンの跡取りとして生まれた嶋田が、パティシエを生業とするためには、周囲からたくさんの反対があったはずだ。

だが、強い意志によって自分の道を切り開き、しかも実力勝負の世界で、ここまで頭角を現している。そんな姿に、ただただ驚嘆してしまう。

――やっぱり、先輩、ただ者じゃない。

かつて自分が感じていた予感は的中していたのだと、今さらながらに思うしかない。

テレビ画面に、嶋田の作品が大きく映し出された。

艶々とした美しくて美味しそうなショコラの台座の上に、漆黒のチョコレートの蝶が飾られている。大きく精緻に作られた羽は、今にも羽ばたかんばかりに生き生きとしていた。

――すごいな。

人工の生物の持つ妖艶さを感じさせながらも、動き出しそうな自然さまであるのだ。

飴細工のほうは、日本の生け花を思わせる、完全な美のバランスで配置されていた。上から見ると不等辺三角形になり、手前から見て奥のほうにメインがくるように生けられている。しかもその花びらや葉の一つ一つに至るまで、華やかで美しい。

他の国から選出されたパティシエの作品も素晴らしかったが、ひいき目抜きに見ても、嶋田のものは頭一つ抜けていた。

当然、番組は、嶋田の優勝で締めくくられた。その結果は最初に知っていたものの、あっという間に感じられた三十分だった。

番組の最後に、嶋田がシェフパティシエを務める都内の高級ホテルにおいて、今回のコンテストで優勝した品を、コンパクトにアレンジしたスイーツの数々を提供するアフタヌーンティが楽しめる、という情報が提示された。華やかに並んだスイーツに魅了される。あれを味わえるというのだ。

ごくりと、悠樹の喉が鳴った。

——アフタヌーンティか。……いいなぁ。先輩のスイーツ、味わいたい。

嶋田の作る菓子は創造性に優れているだけではなく、とても美味しい。ガツンと、魂に訴えかけてくる衝撃的な味だ。複雑に組み合わさった美味で、味蕾の一つ一つを心地よく刺激されている気がする。すごく美味しい。あんな美味しいものは、嶋田が作るスイーツ以外で味わったことがない。

悠樹が嶋田のスイーツを食べたのは、高校生時代だ。あのときよりも、今はもっとすごいだろう。今の嶋田が作り出す美味を、味わいたくてたまらなくなる。

——さぞかし、……美味しいだろうなぁ……。

食べることは、悠樹はとても好きだった。甘いものも好きなのだが、そこらのスイーツでは口に合わなくなってしまった。

何せ学生時代に、魂に訴えかける美味を知ってしまったからだ。もう一度、嶋田が作るスイーツを食べてみたい。

だが、シェフパティシエの華々しい経歴は、彼の親が代表取締役を務める国内高級ホテルチェーンの宣伝としても利用されているようだ。

——混んでいるだろうな。

嶋田や、彼の作り出したスイーツ目当てで、アフタヌーンティには大勢の客が詰めかけることだろう。

ついつい、画面に映し出されたそのアフタヌーンティの問い合わせ先をメモしてしまったが、それを見返して、悠樹は苦笑した。

——行けるはずがない。

嶋田本人が、アフタヌーンティ会場に姿を現すとは思えない。だから気楽に足を運んでいいはずだが、同行してくれそうな相手がいない。

プライベートで付き合いのある女性はいないし、ましてや恋人もいない。ほとんどが女性ばかりだと思われるアフタヌーンティに男性一人で踏みこんだら、ああいう場では浮くだろう。

——それに、あっという間に予約もいっぱいになるだろうし。

スイーツを食べたい気持ちも、嶋田を応援したい気持ちもあるのだが、自分が応援しなくとも、あの番組を見た客が殺到しているに違いない。

——本当に、すごいパティシエになったものだな。

ようやく食事をとることにして、悠樹は料亭の弁当の蓋を開いた。ここの料理は手がこんでいて、とても美味しいのだ。

嶋田は高校時代のサッカー部の先輩だった。学年は嶋田のほうが二つ上だ。

部活紹介で壇上に現れた嶋田に、いわば一目ぼれしたような未知の状態に陥った。

この先輩に近づきたい、という初めての感情に突き動かされて、サッカー部に入った。

気づけば、その当時のことを鮮明に思い出していた。

二人が通っていたのは都内の有名進学校であり、東大現役合格者が多く出る男子校だった。

そんな中であえて運動量の多いサッカー部に入ろうとする生徒は、遅くても中学までにサッカーをやっていたという経験者ばかりだった。新入部員の中で、全くの初心者は悠樹だけだった。

だが、嶋田は悠樹をお荷物扱いすることなく、自主練日の水曜日には、楽しげに基礎から教えてくれた。

他の三年生は新入生勧誘が終わるなり、受験のために部活を引退していた。だが、嶋田は引退するそぶりもなかった。

聞けば嶋田はとても頭が良く、成績もこの進学校でトップクラスを保っているのだという。他の三年が猛勉強をしている最中で、彼には余裕があったのだろう。

稀に、この手の人物に遭遇することがある。悠樹が『地頭がいい』という区分に入れている人物だ。ずば抜けて記憶力が良かったり、思考力が優れていたりして、ガリ勉をしなくとも、良い成績を保つことができる天才。

成績をよくするためには、ひたすら勉強することしか知らなかった悠樹にとって、嶋田の存在は驚きであり、脅威でもあった。

――先輩の教え方は上手だったけど、俺はサッカー下手くそなままだったよな……。

それでも、嶋田はいつでも楽しそうに教えてくれた。あのころから彼はスイーツ作りに興味を持っていて、いろいろなカップケーキや焼き菓子をくれた。それを味見させてもらうのが、自主練よりも楽しみだった。

だけど、高校生になった悠樹は、身体の変化に戸惑うことになった。特に一つの大きな悩みがあって、部活にも出にくくなった。

部活を二週間休み、嶋田との自主練も休むとSNSでメッセージを入れたあるとき、悠樹は下校口でいきなり呼び止められた。

「何でおまえ、このところ休んでるの？」

待ち伏せしていたのは、嶋田本人だった。

背が高くてガタイの良さはあったが、威圧的なところはない。いつでも柔らかな笑みを浮かべている。

部活といっても、進学校のものだ。勉強に差し支えない程度でこなすべしという認識が、生徒側にも教師側にもある。地区大会や全国大会を目指すような生徒はいない。サッカー部の部活も、少し身体を動かしたほうが頭も働くだろう、という緩さだ。

「何でって」

こんなところでいきなり嶋田と鉢合わせるとは思っておらず、悠樹は動揺を隠せなかった。

いっぱい言い訳は考えていたはずだった。

なのに、いざ嶋田を前にすると、声が喉に詰まる。

賢そうで明るい目をした嶋田は、どんな嘘でも容易く見抜いてしまいそうだったからだ。

「その……ええと。ちょっと成績が落ちたので、塾に行くの、増やそうと思ってまして」

「成績、落ちてないだろ？」

不思議そうに、嶋田が首を傾げる。

中間や期末テスト、外部の学力テストの成績まで、全て学校のサイトで順位が確認できるようになっていた。だが、嶋田が自分の成績までチェックしていたとは思っていなかった。

「え？　先輩、俺のを調べたんですか？」

「調べたっていうか、自分の成績をチェックするときに、ついでに目に入るからな。学年十番ぐらいまでなら」

嘘つきだと思われたくなかったから、それ以上の言い訳が思いつかない。

嶋田には、見放されたくなかった。だから、仕方なく正直に理由を言うことにした。

「その、……あの、……ちょっと、身体のことで、悩んでまして」

「身体？　具合でも悪いのか？」

だが、体育の授業は見学することなく出ている。怪訝そうに見られて、いたたまれなくなった。

そんな悠樹の態度を見て、他の生徒が出入りする下校口では、これ以上のやりとりは良くないと考えたのだろう。嶋田が軽く肩をすくめた。

「まぁいいや。お菓子持ってきたから、部室で食べようぜ。今日もおまえが自主練休むとは思ってなかったから、夜のうちに作っておいたんだ。メッセージに気づいたのは今日の朝だった。ちょっと食べるぐらいなら、時間取れるだろ」

その言葉に、悠樹はうなずいた。嶋田の手作りのお菓子がどれだけ美味しいのか、よく知っている。自分が断ったことで、他の誰かがそれを口にするのも嫌だった。

よく晴れた七月の日だった。部室まで移動する最中に目に入った空が、抜けるように青かったのを覚えている。

部室には誰もいなかったが、嶋田は軽く窓を開け、中の空気を入れ換えた。窓にはブラインドがかかっていて、二メートル先は塀だ。どこからか花の匂いが漂ってきた。

「そこ、座ろうぜ」

部室の端に、教室に置かれているのと同じ、机と椅子のセットがあった。練習記録をつけたり、各種届けを書くために使うものだ。

その机を挟んで、向かい合う形になる。

机の真ん中に、嶋田が鞄から取り出した袋を置いた。中には、カップケーキが四つ入っていた。それを取り出した途端に、バターのいい匂いが広がった。つやつやとした焼き色が、とても美味しそうだ。

「今日のは、とっておきのバターを使ってみたんだ。バレたら、親に怒られるだろうけど」

いたずらっぽい顔で、嶋田が笑う。高級ホテルチェーンの御曹司の言う『とっておき』は、どれだけすごいものなのか想像がつかない。

「いただいてもいいですか」

「ああ。もちろん。全部、味は同じ。今回のはバターの味を生かすアレンジ」

とっておきのバターを使ったカップケーキのとびきりの美味しさは、口にした瞬間にわかった。濃厚にバターが香り、圧倒的な香ばしさと美味が口の中で広がる。噛みしめたときに、じゅわっとバターの味があふれるような、しっとりさもすごく良い。

「美味しい……！」

そうとしか表現のしようがなかった。これが理想のカップケーキだ。濃厚なのに、しつこくない。ずっと口の中にとどめておきたかったが、ほろほろと消えていく。それでも残る風味が最高だった。

「だろ、発酵バターなんだって」

「発酵バター？」

悠樹の家にはお手伝いさんがいて、自分ではお菓子はおろか、料理もしたことがない。だから、バターの違いがわからない。嶋田は丁寧に説明してくれた。

「発酵バターっていうのは、乳酸菌を加えて発酵したバターのこと。昔は冷蔵庫とかが普及していないから、保存する過程で勝手に発酵してたそうだけど、今はわざわざ、安全に発酵させてるそうだぜ。そうすることでコクが増して、美味しくなる。まぁ、独特の風味？　使いどころが肝心だけど」

夢中になってかぶりついているうちに、一個目のカップケーキはなくなってしまった。

嶋田のお菓子はいつでも美味しいが、今日のものは格別だ。部室に誘ってもらってよかった。

これは、嶋田にとっても自信作ではないだろうか。

「めちゃくちゃ美味しいです。今まで、先輩が作ってくれた中でも、一番かも」

正直に感想を口にすると、嶋田は嬉しそうに笑った。

「もう一個食えよ」

大ぶりのカップケーキだったが、一つでは満足できないほどに美味しい。悠樹は遠慮なくもう一つを手にした。

次こそは一口一口、大切に味わおうと思っていたのに、気づけば大口でかぶりついていた。

「すごいですね、先輩。これ、すごい、売ったら、すごく人気ですよ」

「材料費がかかりすぎてるから、採算取れないだろうなぁ。まぁ、おまえが美味しそうに食べてくれれば、それだけでいいや」

どこかまぶしそうに、嶋田は悠樹を見る。

そんなときの、嶋田の表情が好きだった。少し照れたような顔を見るたびに、悠樹の鼓動はドキッと跳ね上がる。たまらない幸福を享受しているような気分になる。

いつでも言葉のかぎりに褒めているし、お礼も言っているが、いつでもこんな厚遇を受けていいのだろうか、と不安になる。嶋田がお菓子を食べさせているのは、自分だけみたいなのだ。

どうすればこの恩に報いることができるのかと、悠樹は考えながらかぶりつく。

「美味しいですよ。本当に美味しい。先輩、大好き」

一口ごとにバターの美味しい味が広がり、悠樹は自然と目を閉じて味わっていた。後にも先にも、ここまで美味しいカップケーキを食べたことはない。これが焼きたてだったら、どれだけ美味しいだろう。それとも、焼き上げて少し冷まして、密度がしっとりと増した今だからこそ、こんなにも美味しいのだろうか。

食べ終えて、悠樹は深々と息をつく。

テーブルにペットボトルを置いてあったが、それで流してしまうのが惜しいぐらい、余韻が口の中にあふれていた。

ふう、とまた幸せの吐息を漏らしたときに、嶋田があらためて切り出してきた。

「で？　身体のことが原因で部活を休むって、どういうことだ？」

嶋田はいい先輩だった。少し気がかりそうな目を向けてくる。

後輩をいたぶる傾向はまるでなく、悠樹のことも可愛がってくれた。だけど頭がいいから、適当にごまかそうとしたら、真綿で首を絞めるように理詰めで追い詰められるのも知っている。

だから、一瞬、躊躇した後に、正直に口にするしかなかった。

「その、……乳首が」

「え？」

過剰に恥ずかしがる必要はないとわかっていたが、「乳首」などという単語を口にしたことがない優等生だっただけに、カッと頬に朱が走る。気まずさを覚えて、自然とうつむいていた。

「なんか、すごく敏感になってるんです。部活のシャツと擦れただけでも、その……尖って目立つのが、自分ではすごく気になって」

成長するにつれ、乳首の感覚が変になった。たまにジンジンと痛むことがあったし、やたらとむずむずして痒いこともある。

そして、気づけば乳首がポチッと尖っているのだ。

体育の授業のときの体操着は綿だから、目立つことはない。だが、サッカー部の皆は部活のときには、そろいのポリエステル素材のシャツを着ていた。それはつるつるしているし、ピッチリとしたサイズだから、尖ると目立つ。そもそもその素材が擦れて、痒くなることも多いのだ。

それでも気にしないようにしてきたが、先日、同級生に「乳首勃ってる」とからかわれた。

部活に出ようと思うたびに、そのときのいたたまれなさが蘇る。さらにもう一つ、悩みがあった。

その悩みまで同級生や先輩、特に嶋田には知られたくない。

なのにこうして嶋田本人に詰問されるなんて、最悪の展開だ。

悠樹の説明に、嶋田はひどく不思議そうな顔をした。

さも意外なことを聞いたように、眉を上げている。だけど、その表情がすうっとあらためられた。それが相手にとっては重要な悩みなのだとしたら、理解してあげなければならない。そんな、大人びた表情だ。

配慮されているのを感じ取って、悠樹はますます消え入りたくなった。

「気にしなければいいことじゃないのか？」

嶋田にとっては、取るに足らない内容なのかもしれない。わかっている。それでも、自分にとっては大問題なんだと伝えたくて、悠樹は息を吸いこんだ。

「それだけじゃないんです」

「え？」

「濡れ……濡れちゃう……ん、です」

口に出した瞬間、自分がとんでもない言葉を、意図せずに発したことに気づいて、ハッとした。耳まで赤くなる。

誤解されそうなエロい単語を、口走ってしまった気がする。ギョッとした顔をした嶋田を見て、やっぱりそうだとわかった。焦って、大急ぎで言い直す。

「ちがっ、……その、濡れるというのは、その、……違います！　……乳首のことですから！」

「乳首のこと？」

相手が嶋田でなければ、ここまで説明することなく、適当にごまかしていただろう。だが、嶋田は物わかりのいい、尊敬に値する先輩だった。

悠樹は深くうなだれた。

「その、……正直に言いますね。乳首から、……ミルクみたいなものが出るんです。……最近、よく。病院も受診したんですけど、成長期のホルモンの乱れが原因だから、心配はいらないと言われました。だけど、……そんなのを皆に見られたり、知られたりしたら」

想像しただけで、いたたまれない。

悠樹の乳首は尖るだけではなくて、ミルクまでにじんでくるのだ。部活の皆に知られて、ゲラゲラ笑われるのは嫌だ。下手をしたら、クラスの皆にまで知られるかもしれない。

じわっと涙がにじんだ。

こんな下らないことで感情が昂ってしまい、泣いているのを知られたくない。慌てて瞬きをしてこらえていると、不意に声が聞こえた。

「見せて」

「え？」

「乳首」

何を言っているのだと、悠樹はまじまじと嶋田を見る。

嶋田の表情は怖いぐらいに真剣で、からかおうとしているようには思えなかった。

だから、そのせいもあって従ってしまったのかもしれない。自分が言ったのが嘘ではないことも、嶋田に知って欲しかった。

「見てもいいですけど、……今は特に、何も出てないと思いますよ」

「それでもいい。……脱いで」

嶋田の声には、不思議と人を従わせる何かがあった。それに、部活の先輩だ。高圧的なところはなかったとしても、逆らえない。

悠樹は制服のネクタイを抜いた。

嶋田に乳首を見られると意識したことで、乳首に意識が向く。それだけでやけに敏感になって、くすぐったいような疼きを宿らせた。

シャツのボタンを外し、さらにその下に着ていたアンダーシャツを自分でめくりあげる。中学まではアンダーシャツを着ることはなかったが、乳首の尖りが気になるようになってからは、それを着用するようになっていた。

シャツをめくったまま硬直していると、嶋田がそこに顔を近づけてきた。

肉の薄い身体つきだ。胸元の筋肉も、さして発達してはいない。そんな胸の一部を凝視されている。視線を感じることで、今まで以上に乳首が意識された。だんだんとそこがむず痒くなっていく。

男のくせに、乳首のことを気にしたり、しかもミルクが出ることを告白したりして、死にたいほどの羞恥心にさらされていた。早くもうこの状態から解放してもらいたい。

そのとき、嶋田のつぶやきが届いた。

「綺麗だな。桜色で、……ちっちゃくて、健気に尖ってる」

何のことだ？　と不思議に思った一瞬後に、乳首のことだと気づいた。

ミルクが出ると知ったとき、自分のそこを鏡越しにじっくりと確認した。そのときの映像が脳裏に浮かぶ。

なまっちろい胸元に、自分でも恥ずかしいほどのピンク色をした乳首があった。もっと筋肉をつけなければいけないと、そっちのほうに意識が向いたので、それ以上色や形について考えたことはなかった。

「触ってもいい？」

ささやき声で、嶋田が言う。

何でこんなとき、声を潜めるのかと、何だか不思議に思いながらもうなずいた。

だが、乳首に指先でそっと触れられた途端、ぞくっと全身の毛がそそけ立った。他人の指がここまでの大きな刺激を与えることがあるなんて、そのときまで知らなかった。

肩まで震えてしまう。

「っ！」

嶋田は乳首から指を離すことはなく、さらにそこの弾力を確かめるようにくにくにと押しつぶしてきた。

それだけなのに、信じられないほどの刺激がそこから広がった。指で触れられているだけで、腰の奥を椅子に縫い止められたようになって、立ち上がることもできない。

「ミルク。……どうやって出すの？」

潜めた声で、また嶋田が聞いてきた。こんな声の響きは、こんなことになるまで聞いたことがなかった。どこか甘くて、恋人同士が話すときのような特別感がある。

そんな声を聞きながら、乳首をそっと指先で転がされているだけで、未知の世界に踏みこんでしまったような気分になった。

ミルクが出るのは、悠樹の身体の中では性的な快感とリンクしている。思春期になってから、不意に肉体的な昂りを覚えることが多くなった。射精感をやり過ごし、一息ついた後で、胸元が濡れていることに気づくのだ。

だが、さすがにそのことを、乳首に触れられている今の状況で、正しく伝えられる自信がない。

「ダメ……です、……先輩、……離……して……」

声を押し出すだけでやっとだった。だが、それが逆に嶋田を刺激してしまったのかもしれない。

触れられていたのは一本の指だったが、二本の指で乳首をきゅっとつまみあげられて、びくんと身体が震えた。

「乳首、硬くなってきた。ここを刺激してると、ミルクが出るの……？」

話しながら、嶋田はくりくりとその小さな突起を指の間で転がす。そのたびに、電流が走るような強烈な痺れが全身に広がっていく。

ただ乳首に触れられているだけで、勃起しそうになっていることに気づいて、必死で身体に力をこめた。そんな事実を嶋田にだけは知られたくなかった。

「せんぱ、……いや……っ」

泣き出しそうな声で、必死で訴える。

乳首は嶋田の指の間で硬く凝り、さらに細やかに刺激を伝えてきた。

「あ、あ……っだめ、――先輩、……こんな……っ」

自分でも信じられないぐらい、舌っ足らずな声が漏れる。わざとではない。混乱しすぎて、まともに発声できないのだ。

どんどん身体の中でスイッチが切り替わり、ただ刺激を受け止めることしかできなくなっていた。嶋田の指で乳首がつまみあげられているだけで、信じられないほどの快感が下肢を疼かせるからだ。

拒む間もなく刺激は次々と流しこまれ、その一つ一つが弾けるように強すぎる。息がどんどん乱れていく。

「おまえ、すごく敏感だな。ちっちゃな粒なのに、こんなに感じちゃうの？」

からかうような嶋田の声は、甘い響きを秘めている。

嶋田の前では、お気に入りの後輩でありたかった。

彼に恥ずかしい姿を見せたくない。そんなふうに思うのに、不意に乳首を強めにつままれて、大きく震えてしまう。

「っあ、……せんぱ……痛い……！」

「痛い？　そうか、もっと優しくしないといけないのか」

そんな意図はなかったのに、優しくいじるように誘導してしまったことにますます混乱した。

ただ乳首が敏感なだけならまだしも、こんなふうにされて、ひどく感じる自分が信じられない。感じきっていることを、嶋田に悟られたくなくて必死だった。

「……ミルクなんて、出ませんから」

「出るって、さっき言ってただろ。あれは、嘘？」

最初は片側だけだったのに、もう一方にまで嶋田の指が伸びてくる。そちら側の乳首は、今までずっと刺激がなかった分、焦らされて疼いたようになっていた。

指先でそっと突起を押しつぶされ、そこから広がる快感の強さに、変な声が漏れそうになった。椅子の背に思いきり背中を押しつけ、歯を食いしばる。

――だめだ、……感じた顔を見られたら……っ。

そんなふうに思った。どうにか気を紛らわせようと泳いだ視線が、自分の胸元に落ちる。そのために嶋田の指先が自分の両方の乳首を丁寧につまみあげ、それをきゅっと押しつぶしているところをまともに見てしまい、そのあまりのいやらしさに頭が沸騰した。

続けざまに、くり、くりっと指の腹で乳首を転がされる。腰まで動いてしまいそうになった。

「っあ、……あ、あ、あ、あ……あ……っ」

他人の手によって与えられる快感は、かつてないほど刺激的だ。自分では乳首をこれ以上、敏感にしないために、あえて触れないようにしてきた。それもあって、刺激に弱い。

逃げられない甘い刺激に、ここがどこかも忘れてあえぐ。

「可愛い」

そんな嶋田のささやきが聞こえたのと同時に、悠樹はぎゅっと目を閉じた。突き上げるようにこみあげてくる痺れに耐えきれず、乳首からの快感に導かれて昇りつめる。

「っぁ、……っふあ、……っあ!」

びくんと、身体が跳ね上がった。学校で射精するなんて、想像したこともない。あまりの驚きに、涙もにじんだ。大きな声だけはどうにか抑えられたと思うが、身体を満たす絶頂の余韻に、しばらくは硬直したまま動けずにいた。

そのとき、嶋田の声が聞こえた。

「これが、……ミルク……？」

目の前に、真剣な嶋田の整った顔があった。その視線をたどると、自分の胸元を見ている。

その指につまみだされた小さな乳首の先に、白濁した雫が宿っていた。ミルクまで見られてしまったことで、恥ずかしくて消え入りたくなる。

そうだと答えることもできないでいると、嶋田が胸元に顔を近づけた。

指とは違う生暖かくて濡れたものが、乳首に触れた。舌で、ミルクを直接、舐め取られている。

濡れて熱い舌の感触に、敏感になったままの身体がすくみあがった。

嶋田の唇はすぐには離れず、さらにミルクを絞り出そうとするかのようにきゅっと吸いついてきた。

「っあ！」

その瞬間、全身が空中に投げ出されたような感覚と同時に、治まったはずの射精感が強烈に刺激され、びくりと上体がのけぞった。腰が痺れたようになって、濡れた性器の先から湧き出るように残滓があふれる。

「……何……」

下肢もぐちゃぐちゃだ。

こんな状態で、どうやって家まで帰ればいいのだろう。

ひどい混乱に陥って、悠樹はボロボロと泣き出していた。

それからのことは、あまり記憶にない。

どうにか制服を着直して荷物をつかみ、そこから一番近いトイレに逃げ出して、そのまま嶋田とは顔を合わせずに一人で帰ったはずだ。

帰宅してからも、ジンジンと疼く乳首を持て余して、自分でそこをなぞらずにはいられなかった。

――先輩とは、それからずっと話をしていない。

嶋田が卒業するまで、部活には出なかった。嶋田からはその後、接触はなかった。校内でたまたますれ違うことがあったときにも、視線をそらせて気づかぬふりをし続けた。

青春の、恥ずかしい記憶の一ページだ。

じきに忘れるし、忘れられると思っていた。

だけど、十年が経った今でも忘れられない。

乳首はずっと、敏感なままだ。

〔二〕

都内有名高級ホテルのアフタヌーンティに悠樹が一人で来場することになったのは、たまたまその日、予約が取れたからだ。

悠樹が勤務しているのは、自分の一族が大株主である財閥系不動産企業だ。

その本社の一部門で、巨大な都心再開発を手がけることとなった。悠樹はその再開発メンバーの一員だった。そのプロジェクトを進めるにあたり、まずは関連する政府自治体も加わっての整備協議会が作られ、複雑な調整が必要とされた。

悠樹は了承（りょうしょう）を取るためのその会議の裏方として、資料の準備や根回しなどを手伝った。

どうにかその大きな会議は成功に終わり、後処理（あとしょり）を終えたところに、上司に代休を命じられた。

休日出勤が続いていたから、強制的に代休を取らされたのだ。

――久しぶりの休みだな。二ヶ月ぶりか？

ずっとその会議の件で頭がいっぱいだったから、いきなりの空白に気が抜けた。

こんなふうに完全に一日、ぽっかり空（あ）くことはなかった。何も予定していなかったから、朝早くに目が覚めてしまって、時間を持て余す。

そんなとき、ふと思い出して、嶋田がシェフパティシエを務めるホテルのアフタヌーンティの予約サイトにアクセスしてみたのだ。いきなり予約が取れるはずがないとわかっていた。どれだけ大人気なのか、確認するだけのつもりだった。だが、たまたまキャンセルが出たのか、一席だけ空いていた。

それを見て、即座に予約を入れた。

午後二時からだから、遅いブランチだ。

悠樹はその予約の時間に合わせて、ネクタイなしのカジュアルスーツ姿でホテルへ向かった。

アフタヌーンティの会場は、平日ということもあってか、女性で埋めつくされていた。だが、男一人でやってきても不自然な対応をされることはなく、端のほうの人目につかない眺めのいい席を案内してもらえた。

おかげで、あまり肩身の狭い思いはしないですんだ。満席のようだが、客もぎゅうぎゅうではない。余裕を持って入れているらしい。

色とりどりのスイーツが綺麗に並べられている。そこに取りに行く客が少なくなったタイミングを見計らって、悠樹は席を立った。今なら人目を気にせず、自由に選ぶことができる。

――苺とピスタチオのマカロン。ブルーベリーとブラックベリーのムース。ベルベーヌとピスタチオのサブレか。どれも、美味しそうだな。

それぞれのスイーツの前に、品名と簡単な説明がプレートになって置かれている。食べ放題のスイーツとは思えないぐらい、どれも手がこんでいた。それぞれが美しい宝石のようだ。

その美しさを崩さないように、皿に空間を置いて盛りつける。

まずは一つずつ、できれば全種類、味見してみたい。そんなふうに思った。

さらにその横にあったスコーンを別の皿に載せ、たっぷりとクロテッドクリームを添えて席まで運んだ。

悠樹が席まで戻ったタイミングを見計らって、オーダーしてあった紅茶がポットでたっぷりと供された。スイーツの前に、まずはそれを味わう。

――紅茶も、美味しいな。

どれも手抜きがないし、空間の居心地がいい。

その紅茶をお供に、一つずつゆっくりと食べ始めた。

とても鮮やかな見かけだし、味も最高だった。甘いだけでなく、少し酸味の利いたソースが美味しいし、ナッツが食感を変えてくれる。最高級の生クリームの舌触りも軽快だ。

スコーンもさくさくで、今までの食べた中で一番美味しいかもしれない。

――昔、先輩のスコーン、食べたな。あれも、すごく美味しかった。さすがに、今はもっと美味しくなってる。

一口一口に感動がある。素材の味が極限まで引き出されている気がするのは、全ての材料がとことんまで吟味されているからなのかもしれない。

――次はどうしようかな……。

また席を立ち、食べ物が並べられている前で考える。

甘いものばかりだったから、次はセイボリーで口直しするのもいい。一度、味覚をリセットした後で、またスイーツに戻るのは、とてもいい作戦に思えた。

そう思って、豚肉のリエットと生姜のコンディメントのピンチョスと、若桃と生ハムの皿をチョイスしてみる。

そちらの皿もとても美味しかった。あっという間に食べていて、三回目を取りに行きながら、悠樹は苦笑した。

——元は、とっくに取っているかもな。

トリュフのクレームブリュレと季節のフルーツタルトを皿に盛りつけ、席に運んだ悠樹は、そのとき、フロアのざわつきに気づいた。何事かと思って視線を巡らせてみると、長いコック帽を被った白衣姿の男が、一席ずつ挨拶に回っているのに気づく。

——え？　まさか……。

嶋田とここで会うつもりはなかった。悠樹としては、ただテレビで見た美味しいスイーツを食べに来ただけのつもりだった。嶋田と会う心の準備など、まるでできていない。視線が泳ぎ、一瞬、どうしようか迷った。まだ食事は途中だが、嶋田に見つからないうちに逃げ出したほうがいいのではないだろうか。

——いや。だけど、そこまで避けることはないよな。

まだ途中だし、心の奥底では、嶋田と顔を合わせて話がしたいという気持ちも強く存在していた。学生時代は妙な別れかたをしてしまったが、いまだに嶋田は悠樹にとって憧れの人だ。自分も高校生ではなく、社会人として経験も積んでいる。

——今ならちゃんと話せるかもしれない。

成功を祝い、ここでの食事がとても美味しかったと伝えればいい。

だが、彼はまだ自分のことを覚えていてくれるだろうか。

そんなふうに思いながら席に戻り、フロアのざわめきを背中で感じながら、運んだものを味わっていく。だが、もはや気はそぞろになっていた。

彼は客に、今回のスイーツの感想を聞いたり、写真撮影に応じたりしているらしい。テーブルごとに、時間がかかっていた。

悠樹のテーブルはフロアの端だったから、順番としては一番最後だ。だから、彼がそのテーブルにやってくるまで、ひたすら待った。

その間に皿は空になったが、コーヒーをオーダーして嶋田が来るのを待つ。

ドキドキしすぎて、落ち着かない。久しぶりの高揚感が、悠樹を包みこむ。何を話せばいいのだろうか。十年間という時間の重みを、つくづくと感じていた。

――次だ……。

悠樹はぎゅっと、テーブルの上で指を組んだ。

空になったテーブルの上の皿が下げられ、飲み物だけが乗っている状態だ。ガチガチに硬直したまま動けなくなった悠樹の背後から、嶋田の柔らかな声が聞こえてきた。

「本日は、ご来店ありがとうございます。シェフパティシエの、嶋田でございます」

その声を聞くだけで、胸がいっぱいになった。

悠樹は深呼吸してから、ただ首だけを巡らせて彼を見る。テーブルの横に、嶋田が立っていた。

背の高い彼の顔は見えにくかったが、逆に悠樹の顔はよく見えたらしい。驚いたようなつぶやきが聞こえた。

「野崎？」

覚えてくれていただけで、悠樹の胸はいっぱいになった。胸がぎゅっと切なく押しつぶされて、悠樹は指に力を入れた。

「はい。お久しぶりです、先輩」

「久しぶりなんてもんじゃないぞ？　今日はどうして」

親しげな口調になって、嶋田はテーブルの正面に回りこんでくる。悠樹の向かいに立ってくれたので、テレビで見た通りの顔立ちがよく見えた。

生で見た嶋田は、さらに頬のラインがシャープに映えて、その男前の姿に見とれてしまう。肩幅の広さや、長身の身体つきは以前と変わらない。悠樹もさして変わっていないつもりだったが、細すぎた当時と比べて、やや身体つきがしっかりしただろうか。

「先輩が、テレビで密着取材されてた番組を、たまたま見たんです。……今日は休みだったから、サイトにアクセスしたら、キャンセルが出たらしくて」

「わざわざ予約してくれたのか？　ありがたいな。味はどう？　くつろげているか？」

先ほど見たシェフパティシエの少し取り澄ました表情から、屈託がない人懐っこい表情に変わっている。嶋田のこんな顔が好きだった。少しとっつきにくいくせに、相手を好きになったときには、一気に距離を詰めてくる。そんな嶋田のお気に入りであることを、高校生の悠樹は誇りに

感じていた。

変わってないな、と思うと、ひどく嬉しい。

「ええ。会場の雰囲気がとてもいいですし、スタッフも親切です。何より、スイーツもお茶も美味しくて。最高ですね。本当に、一つ一つの料理が美味しいです」

「ありがとう」

手放しで褒めてみたが、それだけの価値があった。嶋田は謙遜せずに、それを受け止める。最高の仕事をしているという自信があるのだろう。それだけ、妥協がないのだと伝わってくる。

「昔から、野崎の舌は確かだったもんな。食べてもらい甲斐があった。今でも、何か気になることがあったら、遠慮なく言ってもらっていいんだけど」

「そんなの、あるはずありませんよ。……ああ、だけど」

ふと、悠樹は気づいた。

「フルーツタルトに入っていたオレンジだけが、……少しバランス悪かった気がします」

他のフルーツは新鮮で瑞々しく、ざくざくとしたタルト生地や、なめらかなカスタードクリームと最高にマッチしていた。だが、オレンジだけがほんの少し――気づかないほど僅かに苦くて、それが全体の調和を乱しているように感じられた。

だけど、そんなのは全体の満足感からしたら、ほんの些細な問題だ。そう続けようとしたのだが、それを聞いて嶋田が表情をあらためた。

「そのオレンジは、予定していたものが今日、届かなかったんだ。それを抜いて作ることも考えたが、現場を任せていたうちのパティシエが、その色が入らないとどうしても地味になると判断して、別のものを急遽、選んで入れた、と聞いている。俺はそれを少し前に聞いて、……気になってはいたんだが。……やっぱり、野崎にはわかるか」

うなってから、嶋田は真剣な眼差しを悠樹に向けた。

「少し話がある。時間が取れるんだったら、後であらためて相談させてくれないか」

何の話かとドキリとする。今や世界一のパティシエと言われる男に、下手にケチをつけてしまっただろうか。

「いいですけど、先輩こそ、時間が取れるんですか？」

「もちろんだ」

そう言って、嶋田は笑う。

その表情は屈託のないものに戻っていて、彼ともっと話がしてみたい気持ちになった。

『食事が終わったら、スタッフに声をかけて、俺を呼び出してくれ』

そんなふうに嶋田は言い残して、テーブルを離れた。

満足するまで悠樹はアフタヌーンティを楽しんだ後で、会場を出る。会計を済ませる際に嶋田を呼んでもらおうと思ったが、会計の伝票を差し出したところで、スタッフが笑顔で言ってきた。

「野崎さまですね。こちらへ」

「え？　会計を」

「それは、嶋田が済ませておりますので、こちらへ」

嶋田の計らいか、アフタヌーンティの支払いまでもが免除されていて、エレベーターで最上階まで案内される。

そこは、何度か来たことがあるスカイラウンジだった。

窓から丸の内一帯を見下ろせる見事な景観が広がっている。悠樹は個室の座り心地のいい円形のソファに案内された。今は営業時間外のようだ。

そこでさして待つこともなく、嶋田が現れた。

さきほどは白衣姿だったが、今はスーツ姿だ。あらためてそんな格好を見せられると、悠樹の心臓はドキリと高鳴る。

――相変わらず、かっこいいな。

しかも、笑顔がチャーミングだ。

ふと浮かべる人懐っこい笑顔や、真剣な横顔が、テレビ画面越しでも、とても魅力的だったことを思い出す。すでにたくさんファンはいるはずだ。

嶋田は悠樹の斜め前に座った。

「今日はありがとう。野崎がうちの店に、足を運んでくれるとは思わなかった。すごく嬉しい」

「十年ぶりですね。しかも、当時はとても可愛がっていただいたのに、ご無沙汰してしまって」

嶋田はまだ、あのときのことを覚えているだろうか。

初めて乳首に触れられたことで、悠樹の性癖はねじ曲げられたような気がする。いまだにあのときを越える興奮や快感を実感したことはない。女性と付き合う気にすらならないから、困ったものだ。

だけど、いまさら蒸し返すのは恥ずかしい。ただ詫びるだけにして、さらっと流しておきたい。

「ああ」

嶋田は軽くうなずいた。

どこか懐かしそうな目を悠樹に向け、じっとその姿を見つめてくる。

「変わってないな、おまえも。――結婚とか、婚約者とかいるのか？」

いきなり踏みこまれたことに驚いた。

二十八ともなれば、そろそろ結婚していても不思議ではない。だが、悠樹は苦笑することしかできなかった。

「いないですよ。恋人すらいません。何だか、そんな気になれなくって。先輩は？」

すでに華々しい活躍をしている嶋田だ。近づいてくる女性は大勢いるだろう。だが、嶋田も苦笑して、大仰に肩をすくめた。

「最近、婚約破棄した」

「え？」

「親が決めた婚約相手だったけどな。大切にしてきたつもりだったが、浮気されて」

「へ、……へえ。……そうですか。先輩なんて、すごい優良物件なのに」

びっくりした。

嶋田がそんな扱いを受けるなんて、納得できない。

有名進学校に通うような育ちのいい家柄では、いまだに政略結婚的な婚姻が存在する。経済水準や教育水準が合うもの同士のほうが、やはり結婚生活もうまくいくだろうし、何かと仕事上の便宜も図れる、という考えがあるようだ。

「それに、先輩の美味しいスイーツも食べられるのに」

「彼女は俺が作ったものは、あまり食べてくれなかったよ。太るからってね」

「それは確かに気にはなりますけど。他で節制すればいいだけでしょう?」

悠樹の舌に、今日食べたスイーツの味が蘇る。あれを食べるためなら、他を我慢することなんてわけない。

「もったいないですね。先輩のスイーツ」

しみじみと言ってみる。それを見て、嶋田は笑った。

「おまえが優良物件と言っているのは、俺なのか、俺のスイーツなのか」

からかうように言ってから、嶋田は悠樹のほうに少し乗り出した。

「そこまで俺のスイーツを気にいってくれているなら、話しやすい。野崎に一つ、お願いがあるんだ。おまえの舌を見こんでのことなんだけど、うちの新しい企画として、お酒とスイーツのマリアージュを極めようということになったんだ。企画が行われるのは、このラウンジ。対象は女性客に限らず、ここに飲みにくる男性客もターゲットにしている。――酒はいけるクチだっただろうか」

――お酒とスイーツのマリアージュ！

考えただけで、ワクワクした。

悠樹は意気込んでうなずいた。

「そう量は飲めないですけど、仕事帰りに軽く飲んで帰ることがあります。うちの会社がここから近いこともあって、こちらのラウンジを接待に利用させていただくことが、たまにありますよ」

ホテルのラウンジでの接待は、かなり金額が張る。だから頻繁ではなかったが、仕事上で大切な相手や、プライベートで一人でボーッとしたいときなどに利用していた。

そう言うと、嶋田が少し目を輝かせた。

「うちを利用してくれていたのか。ありがとう。さっそく、利用客としての意見が聞きたい。このおつまみメニューで、どんな不満がある？」

尋ねられて、悠樹は少し考えた。

「お酒の充実度と比べて、おつまみは種類が少ないですね。二次会利用のときなら、それでいいんですけど。あ、ですが、ナッツはすごく美味しいです」

とてもいいナッツを仕入れているのか、他のバーでは食べたことがないぐらい、ナッツがカリカリと香ばしくて美味しい。一度食べたらやみつきになって、いつも頼んでいるほどだ。

「それに、お酒は管理がいいから、ものすごく美味しいです。氷の質もいいですし。ボリュームのあるおつまみまでは期待してないですが、スイーツがあれば嬉しいです。ラウンジのメニューなので、そんな大ぶりじゃなくて、宝石みたいな綺麗なスイーツがいいですね。濃厚で、舌に残るものを、一つか二つ。それと一緒に、香り高い美味しいお酒を合わせたら最高じゃないですか」

思いつくままに言ってみる。ここのラウンジに、嶋田がプロデュースしたスイーツが加わると思っただけでワクワクした。そうなったら、通う頻度が上がりそうだ。

「そうだろ。やっぱりラウンジに、しゃれたスイーツを入れたいよな」

「お酒っぽいスイーツですか？　サバランとか、急に食べたくなってきましたけど」

サバランとは、洋酒をしたたるほどに、たっぷりと生地に染みこませたケーキだ。

その提案に、嶋田は楽しそうに目を輝かせた。

「季節のサバランとかもいいかもな。春におすすめなのは、ピスタチオ。それに、ピューレ状にしたフランボワーズと、芳醇（ほうじゅん）なブランデーを合わせてみるのはどうかな。ちょっといいブランデーを使えば、アルコール度数の高い酒の、ツンとした感じが消えるはずだ。ひたすらまろやかにして、ピューレは加糖せずに、フランボワーズ本来の風味を際立（きわだ）たせて、……だったらキルシュを組み合わせようかな。そうすれば、相性も抜群（ばつぐん）になる」

キルシュとはフルーツブランデーの一種で、さくらんぼから造られるお酒だ。嶋田が作る味を想像しただけで、唾（つば）が湧（わ）いてきた。

「それ、めちゃくちゃ食べたいですね。サバランは、わりと基本のものしか食べたことありませんから」

「使うお酒を変えることで、バージョンを増やせる。コーヒー味のもひらめいた。それは、喫茶のほうに回してもいいかもしれない。コーヒー味に使うのは、スコッチウイスキー。それにコーヒーの苦みと深みが組み合わさることで、今までにない味わいが出せる」

「最高ですね！」

夏はマンゴーと続ける嶋田の話を、悠樹は夢中になって聞いた。

「サバランの話ばかりしてしまったが、構想としてはそんな感じだ。腹を満たすというより、心を満たすスイーツを、ラウンジで出したい。お酒との相性を考えつつ、互いの良さを最大限に引き立たせるスイーツがいいな。これから、いろいろ試作しようと思うんだが、野崎がそれらを味見してくれないだろうか」

それが、今日のお願いらしい。

そんな提案には、乗るしかなかった。

先ほど嶋田が話していたサバランだけでも、とても食べてみたくなったからだ。

「もちろんです！　というか、俺にとって、願ったりかなったりです。昔、先輩に美味しいもので餌付けされたせいで、他の店のスイーツでは、正直、物足りないんです。今日、アフタヌーンティで先輩のケーキを味わって、やっぱりこれだと思いました。これから、このホテルに通わなくちゃと思っていた矢先に、こんな提案をしていただくなんて」

「おまえ、昔から俺が作ったものを、美味しい美味しいって食べてくれたよな」

嶋田は懐かしそうに、目を細める。

「ええ。だって、本当にすごく美味しかったですから」

今日、嶋田のスイーツを口にした瞬間、電撃（でんげき）が走ったように、これだ、と思った。それくらい、魂に訴えかけてくる味だった。このスイーツなしでは、毎日が色あせる。

「具体的には、何をすればいいんですか？　俺でお役に立てるかわかりませんが、食べて感想を言うぐらいでしたら、いくらでも。ここ、丸の内の俺の職場に近いですから、いつでも呼び出してください。大きな会議が終わったばかりで、それが本格的に動き出すまで、一、二年はかかります。ですから、その間は時間の融通（ゆうずう）も利くと思います」

こんな形で、嶋田の役に立てるとは思わなかった。

幼いころから食道楽（くいどうらく）の親に美食を教えられたせいで、それで少し困った状態になっている。コンビニ食が口に合わないから、それなりに食べるものを吟味（ぎんみ）しなければならない。カップラーメンで自堕落に暮らすことにも、ずっと憧れていたのだけれど。

「それはありがたい。だったら今月末ぐらいから、月に一、二回、うちのラウンジに寄ってくれるか」

時間と都合がよい曜日を互いに確認し、連絡が取れるようにＳＮＳで連絡先の交換をする。

話が一段落ついた後で、嶋田は少しいたずらっぽい笑みを浮かべた。要件を済ませて、かなりリラックスしているようだ。

「俺と高校のとき、疎遠になっただろ。それって、……あの部活での出来事が原因か？」

嶋田もそれが気になっていたらしい。切りこまれて、悠樹は言葉に詰まった。

もう十年前のことだ。悠樹にとっては、そのときの記憶は今でも驚くほどに鮮明なのだが、嶋田にとってはどうだろうか。

だが、これからまた顔を合わせることになったのだから、凝りをなくしておきたい。

彼とあらためて、距離を詰めていきたい気持ちがあった。

「……ええ。高校生で、子供でしたからね」

あれは取るに足らないことなのだと、匂わせてみる。

すると、嶋田は目の端の皺を深めた。そんな表情が大人の包容力を感じさせて、ドキドキした。

「乳首は、今も敏感なの？」

からかうような、軽い調子の声だった。

ここはスマートに返すべきだ。自分の身体のコンプレックスにぶしつけに触れられるのは、背筋がひやっとするのと同時に、くすぐったくもあった。彼と秘密を共有し、大人同士の恋の駆け引きをしているような気持ちにさえなる。

セクハラと紙一重だから、あくまでも好意を持っている相手との会話に限られるが。

「いまだに敏感すぎて、ちょっと困っています。できれば、それを直したいんですけど」

「直したい？　どうして」

「不便なんです。ちょっと擦れただけでもぞくっとすることがありますし、こんな身体じゃ、女性と付き合うこともままならない」

少し苦い経験があった。ちょっとしたなりゆきで女性にベッドに誘われたことがあったのだが、乳首を触られただけで射精してしまって、挿入はどうでもよくなった。

最初で失敗したから、それからセックスに自信が持てない。

ひたすら恋愛から顔を背けて生きてきた。乳首が敏感なのがどうにかならないことには、山のように持ちこまれるお見合い話をひたすら断り続けるしかない。

だが、本心ではそれなりに恋愛をしてみたいし、いずれは家庭を持ちたい気持ちもあった。だけど、恋愛とセックスは切り離せない関係にあり、セックスを想像するときに浮かぶのは、乳首に吸いついてきた嶋田の唇の熱さだ。

当の嶋田は、自分のかつてのいたずらが、ここまで悠樹の性癖に影響を及ぼしたなんて思ってもいないだろう。

「ままならなくないだろ？　野崎さえその気になれば、いくらでも」

それは、お見合いを持ちかけてくる親の知り合いが、よく口にする言葉だった。

不動産企業のオーナー一族の、三男坊。いい大学も出ているし、人あたりもいいし、外見も申し分ない。そう思ってお見合い話を持ってくるのだろうが、断るのにいつも苦労している。

悠樹は深いため息をついた。

「とにかく、乳首が敏感なのを、俺はどうしても直したいんですよ。皮膚の感覚が鈍化するクリームとかがあったら、使いたいほどです」

ほんの冗談のつもりだった。だけど、本音が八割ぐらいにじんでいる。

高校生のころから、自慰のときにも乳首を意識せずにはいられなかった。極力そこに触れないようにしているのだが、そこに触れた嶋田の指や唇の感触を必ず思い出してしまう。そこに触れられ、ミルクを吸い出されたときのことを想像しながら、射精に至る。それ以外の自慰のやりかたを、悠樹は知らない。それ以外ではいまいち乗れないし、達することもできない。

すでにそんなふうに、回路ができてしまっているのだ。

だが、もしかして乳首の感覚が鈍化したら、その回路を断ち切ることができるのではないだろうか。そんな淡い期待があった。乳首さえ鈍感になったら、挿入前に射精してしまうこともない。男女の普通のセックスも楽しむことができるかもしれない。

「あるぞ」

単なる思いつきで言った言葉だった。だから、嶋田のその言葉を、一度目はそのまま流した。

「ええ。ないですよね。そんな都合のいいものは」

「いや。だから、あるって言ってるんだ」

「え？」

思いがけない返答に、悠樹は目を見張って、硬直した。

嶋田は極上の笑顔を浮かべて、悠樹のほうに乗り出してくる。

この先輩は、何か良からぬことを考えているときに表情が生き生きとする。それを知っていたから、本能的な警戒が走った。

「俺の従兄弟が、医者なんだ。今、銀座で高級メンズクリニックを経営していてな」

「高級メンズクリニック？　脱毛とか、痩身とか専門の？」

「そう。メインは脱毛とか痩身、エイジングケアって聞いてる。若いころから、皮膚をケアすることが、老けこまない秘訣らしいぜ。従兄弟は皮膚科が専門で、肌トラブルにも対応しているらしい」

「肌トラブル？」

乳首が敏感といった悩みは、その区分に入るのだろうか。考えたこともなかった。

ポカンとした悠樹に、嶋田はたたみかける。

「そう。俺も一度、ストレスで吹き出物がひどくなったことがあってな。そんなときにバッタリ会った従兄弟が、すぐにうちに通えと言ってきて、週に二回、一ヶ月ほど世話になった。フェイスマッサージから始まって、いろいろ顔に塗るんだ。リラックス効果が高くて、とても気持ちがよかった。その施術のときに、従兄弟が話してくれた。いろんな客が、うちを最後の砦だと思って飛びこんでくるのだと。だから、野崎の役に立てるかもしれない」

「そこに、肌感覚を鈍化するクリームがあるんですか？」

医師免許を持つ嶋田の従兄弟が、銀座で高級メンズクリニックを経営していることは理解したが、さすがに半信半疑だ。顔の吹き出物を綺麗にするのと、乳首の感覚を鈍化するのはわけが違う。

だが、嶋田はしたり顔でうなずいた。

「肌感覚が敏感すぎる、っていう症例について、その従兄弟から聞いたんだよ。特に肌が弱いわけではないのに刺激に弱すぎるのは、感覚異常なんだそうだ。医学的にどうにかなるって、話していたような気がする。従兄弟の腕は確かだから、一度電話して、聞いてみようか。可能だったら、通ってみる？　繁盛していてなかなか予約が入れられないそうだけど、俺からの紹介なら、どうにかなる」

ずっと抱いていた悩みの解決法をいきなり提案されて、悠樹は狼狽した。

「え？　え、……あの、……その、いいんですか？　というか、……恥ずかしいな。さすがに医者にかかるようなものだとは思ってませんでした」

だが、改善する望みがあるのだったら、通ってみたい。

「どんな悩みでも、その本人にとっては深刻なものだからな。俺は笑ったりはしないし、従兄弟も真摯に受け止めてくれると思うよ」

そんなふうに言われたら、賭けてみるしかなかった。

「でしたら、……お手数をかけて申し訳ありませんが、お願いできますか」

「ああ。料金のほうは――」

「払います。俺は趣味がなくて、給料貯めこんでいるので」

悠樹は苦笑した。

そこそこの額の給料をもらっているのに加え、半年前から一人暮らしを始めたマンションは親からの生前贈与だ。都内の一等地にあるマンションをまるごと譲られたから、家賃収入だけでも一生安泰だ。

嶋田は肩をすくめた。

「ま、おまえなら金には困ってないだろうが、割引してもらうように言っておくよ」

ずっと抱えこんできた悩みが解決することよりも、まずは嶋田と次の約束ができたのが嬉しい。このラウンジで、次に会う約束もある。

お酒と合うスイーツをいくつか味わって、感想を言う。それだけの仕事だったが、嶋田と会えると思っただけで、毎日が輝く。

休日のちょっとした外出が、こんな素敵な再会になるとは思っていなかった。

〔三〕

『嶋田メンズクリニックの、嶋田海斗と申しますが』

そんな電話がかかってきたのは、その翌日の夜だった。

声がよく似ていたから、嶋田かと思ったほどだ。だけど、従兄弟だから似ているのは当然だし、携帯電話の場合はハイブリッド符号化方式が使われており、特に声が似ると聞いたことがあった。

電話の主が悠樹だと確認してから、嶋田医師は淡々と告げる。

『碧人から話を聞きました。うちで解決できると思いますので、一度診察に来ていただけるでしょうか』

「解決できるんですか?」

その内容にびっくりした。

医学は悠樹が思っていた以上に発達しているらしい。

『ええ。敏感肌は、内因性と外因性に別れていますが、まずはどの原因によって引き起こされているのか、確認することから始めましょう。それから、どんな刺激を受けると、どのように反応するのかテストに入ります。カバーの上からの刺激、その刺激が目に見える形での刺激。――それによって引き起こされる発赤、さまざまな疼き、灼熱感、痛み――ときには、快感があるケースもあるでしょう。それらを調べていきます』

快感、という言葉に、ドキッと鼓動が跳ね上がった。

――そうだ。……痛いわけじゃなくって、俺の場合は快感が。

「その……、気持ちが良すぎるっていうケースでも、治療はしていただけるのでしょうか」

おずおずと尋ねてみると、嶋田医師はクールに答えた。

『ええ。快感が？』

「あ、はい。……先輩が説明したかもしれませんが、乳首が敏感すぎるのが悩みで、これをどうにかしていただきたいんです」

言葉にして他人に告げるのは恥ずかしくて、じわりと頬が赤くなるのがわかった。

『もちろん。患者さんが悩みとして感じられている症状を、解決するのが仕事ですから』

「治りますか？」

短絡的かと思ったが、思わずそんなふうに聞いていた。

『手をつくしましょう。私は、皮膚科美容専門医です。まずはどんな症状かを確認し、それを改善するために、薬剤を選んで施術していきます。まずは、カウンセリングからいかがですか』

従兄弟の声は嶋田によく似ていたから、信頼性があった。こんなにも声が似ている従兄弟が、どれだけ顔が似ているのかも見てみたい。

悠樹にとっては自分のこの悩みを笑い飛ばすことなく、真摯に向き合う医師がいてくれたというだけでも嬉しかった。それに、改善する余地もあるかもしれないのだ。

『予約されますか？』

だから、その言葉にも、思わずうなずいていた。

「お願いします！」


その高級メンズクリニックは、銀座の表通りから少し路地に入った雑居ビルの中にあった。

——いい立地だな。

職場からも徒歩圏内だし、表通りからビルに入るところを見られないのもいい。銀座をうろつく親族が多かったから、微妙に人目が気になるのだ。あくまでもここは皮膚科専門のメンズクリニックなのだから、気にすることはないのだけれど。

予約してから、二週間が経っていた。それだけ繁盛しているということなのだろう。完全予約制だから、他の客と顔を合わせることは一切ないと、事前に説明を受けている。

嶋田メンズクリニック以外に入っているテナントは、エステや内科や歯科などの医療クリニックだった。どこも高級そうで、客筋も良さそうだ。

——ここか……！

五階まで上がる。エレベーターを降りてすぐのところにあったドアのプレートに、『嶋田メンズクリニック』と表示されていた。悠樹はそのドアをくぐる。

室内は、いかにも高級クリニックといったしつらえだった。入ってすぐのところに白いカウンターがあり、そこに白衣の人物が一人たたずんでいる。

「いらっしゃい」

気さくに、声をかけられた。

中肉中背の悠樹よりも十センチほどは背が高い。ちょうど、嶋田と同じぐらいの背丈だ。

その声を聞いただけで、嶋田かと思ってドキリとするほどだった。だが、顔はハッキリとは見えない。歯科医がするような大きなマスクに、顔の大半が覆われていたからだ。

マスクのせいで見えるのは目元だけだが、眼鏡をかけた目元もよく似ている。医師用の帽子をかぶったその間から髪が少し見えたが、茶色く脱色しており、目元の感じも少し違う。別人なのは間違いない。

――にしても、すごく似てるなあ。

まじまじとその顔を眺め、似ている部分と似ていない部分をしみじみと付き合わせてみる。

こんなにも嶋田によく似た人物に自分の乳首を診察されるのだと思うと、何だか緊張してきた。

どうにか理由をつけて帰れないかと、本気で考えた。

だが、何も思いつかない。観念して、言ってみた。

「予約してあった、野崎ですが」

「はい。ご予約ありがとうございます。私が、あなたの担当医師の嶋田です。まずは、カウンセリングから始めましょう。こちらへ」

隣室に通され、ゆったりとした空間に置かれた一流家具ブランドの白いテーブルと、座り心地の良いソファで向かい合う形となった。カルテを膝に引っかけ、長い足を組んだ嶋田医師に尋ねられる。

「乳首が敏感なのが悩み、とうかがいましたが。健康診断は、毎年、ちゃんと受けていますか」

「え？」

「感覚異常の場合、神経だけではなく、他の病気が隠れていることもありますから、念のため」

その言葉にドキッとしたが、それはしっかり否定できた。

「毎年、家の方針で人間ドックを受けています。特に何もひっかかるところはないです」

同世代の中では、かなり念入りに健康チェックをしているほうだ。

人間ドックを受けている医療機関の名を告げると、嶋田医師はうなずいた。

「そちらでしたら、かなり精密な検査をすることで有名ですし、検査の信頼性もあります。でしたら、隠れた疾患はないってことで、純粋に、皮膚感覚を鈍化する施術を行うということでよろしいですね。ちょうど、アメリカ製の良いクリームが出たところです」

「クリーム……？」

「ただし、こちらは医療用医薬品であり、医師の診断と処方に基づいて使用されるものです。効き目が強く、ときに重大な副作用を起こす危険性がありますので、あなたの症状や体質に応じて、ここでの施術のときのみ、使わせていただきます」

良いクリームがあるというのは朗報だが、その条件に悠樹は眉を上げた。

「そうなると、こちらに何度か通うことに？」

「そうなりますが。お時間、取れそうにないですか？」

「いえ。……治るのでしたら」

そんなクリームがあるとは知らなかったから、悠樹は目の前が開けていくような気分になった。

この一、二年なら、おそらくあまり残業はないだろうから、勤務後に通えるはずだ。

「でしたら、こちらの記入をお願いできますか」

住所、氏名などを書きこみ、クリニックの会員登録を行うことになった。入会費は嶋田の紹介ということで、無料だそうだ。今日の施術もお試しなので、無料。次回からは一時間一万円だそうだが、ここの立地を考えれば破格ではないだろうか。

――しかも、自費治療なのに？

「安すぎませんか？」

思わず記入しながら尋ねると、嶋田医師は目元に柔らかな笑みを浮かべた。

「従兄弟の紹介ですからね。高い治療費は取れませんよ」

記入し終わって書類を差し出すと、嶋田医師はそれを確認してうなずき、ふと思い出したように顔を上げた。

「そういえば。乳首が敏感な男性は、……そこから乳白色の分泌物(ぶんぴつぶつ)。……ミルクに似た液体を出すケースがあると聞きますが、あなたはそのようなことがありましたか？」

「えっ」

正に自分にも、その状況(じょうきょう)が当てはまる。

よくあるケースなのだろうか。気になって調べても、ホルモンの乱れとしかわからなかったが。

「は、……はい。学生時代、――特に高校生のときに、よく出ました。だけど、今はかなり落ち着いていていて」

「落ち着いた？　もう、一切出ないということですか」

声は淡々としていたが、どこかに落胆がにじんでいるような気がする。そのことを不思議に思いながら、悠樹は自分の状況を説明する。

「いえ。一切出ないということではなくて、今は滅多に出ない、だけです。……その、……特別なケースのときに、出ることも」

学生時代はやたらとミルクが出たが、いつしかその量は落ち着いた。だが、それでも出ることがあるのだ。

「特別なケースとは、具体的にはどんな？」

「その、……よっぽど深い快感を得たとき……には」

こんな告白をするのは恥ずかしくて、悠樹は深くうつむいた。

「よっぽど深い快感を得たときというのを、もう少し詳しく教えていただけますか？」

尋ねられて、悠樹は答えに詰まる。

「その、……自分ではそんなに自慰はしないのですが、それでもとても気分が乗っていたり、しばらくしていなくてたまっていたり、そんな……ときです」

医師相手でも、そんなことを答えるのは恥ずかしい。だが、正直に症状を告げなくては的確な治療は受けられない。

「なるほど。よっぽど深い快感を得たとき」

小さく嶋田医師はうなずいて、カルテにメモをして立ち上がった。それから、さらに奥の部屋のドアを開く。

「こちらが、施術室です。一回目の施術を兼ねて、今の状況を診させていただきます。施術がお気に召さないようでしたら。そこで断ることもできますので」

案内された部屋の中央に、歯医者にあるような背もたれを倒せるタイプの白革張りの椅子がある。その横に、同じく歯医者のように検査器具が置かれたテーブルが置かれている。

「こちらへ」

悠樹はその椅子に座った。

肘掛けに腕を拘束帯で固定された。これはいったい何かと思っていると、嶋田が説明した。

「これは、動かないでいただくためのものです。クリームは医療用で、作用が強いですから。あくまでも他のところに触れないようにピンポイントで塗りつけます。動いたときに、皮膚の他の箇所に触れてしまってはいけませんから」

「あ、……はい」

「本来ならば、敏感なのは良いことです。皮膚が、たとえば痛みを感じることで危険を察知できます。痛みがなければ、危険を感じることもありません。ですが、敏感になりすぎて日常生活に支障があるのでしたら、それを治療するのも大切です」

そんなふうに言われながら、腹のあたりにもしっかりと太いベルトを巻かれて固定された。

その後で歯医者の治療を受けるときのように、背もたれが倒されていく。嶋田医師が、白い薄いラテックスの手袋を装着した。

「では、まずはどこまで敏感なのかを確認させてください」

拘束されて動けない悠樹の胸元に手が伸ばされ、ネクタイが外(はず)された。その下に着ていたワイシャツのボタンも一つ一つ外されていく。さらにアンダーシャツも引き上げられ、自分の胸元が露(あら)わになっていくのを、悠樹は硬直しながら見守るしかない。

これは単なる医療行為だ。そう思ってリラックスしようとしているのだが、やけに相手を意識してしまうのは、嶋田医師が嶋田に似すぎているからだろう。まだ触れられていないというのに、肌がぴりぴりする。これから触れられる乳首に、意識が集中した。

こんなふうに乳首がむず痒くなると、そこがツンと尖ることも経験上、わかっていた。そんな状態でいるのを嶋田医師に診られるのも恥ずかしい。

――落ち着け……。

天井を見上げて、深い呼吸を繰り返す。

だが、両乳首のむずむずが最高に高まったときに、乳首に軽く何かが触れた。

「……っ！」

ぞわっと、全身が震えた。

触れているのは、嶋田医師の指のようだ。ラテックスの手袋をはめた指先でほんの軽く乳首を押されているだけで、そこから異様なほどの感覚が腰を直撃する。

　悲鳴のような声が漏れてしまいそうになるのを、必死で押し殺した。じっとしていようと思ったが、無造作にきゅっとつままれて、びくんとまた反応せずにはいられなかった。腕や腹を拘束されていなかったら、もっと大きな動きをしてしまったかもしれない。

「せん――せ……」

　落ち着いた声を出そうとしたのに、声は上擦ってかすれた。

「はい」

「そこ、……ダメです。……触ったら」

　嶋田の指が乳首にあるだけで、まともではいられなくなる。全身がぞわぞわとして、耐えきれないほどの疼きが次から次へと湧き上がってくる。

「これから治療をしようというのに、触ったらダメとは困りましたね。でしたら、これはどうです？」

「う、あっ！」

　そんな言葉とともに、つまんだ乳首をきゅっとねじられた。ぞくっとした生々しい疼きが下肢まで響き、むくっと性器が反応したのがわかった。どうしようもない熱がへその奥で渦巻き始める。

　――これは、マズい……。

　ハッキリとそう思った。この感覚は、勃起のサインだ。こんなところでとは思うのだが、身体

の熱を鎮めることができない。

「——ひ、……っぁ、……ン……っ」

嶋田の指は離れない。さらに乳首をくりくりと刺激されて、下肢が完全に勃ちあがったのがわかる。

乳首から絶え間なく流れこんでくる刺激に、頭の中がショートしそうだ。がくがくと、太腿が小刻みに震えてくる。

——早く、……終わってくれ……！

必死で願った。ここまで自分が醜態をさらすとは思っていなかった。

なのに乳首に刺激を与えられるたびに、たまらない快感が身体の内側を巡っていく。ただ乳首の感度を調べられているだけなのだから、こんな反応をしたらダメだ。そう思って必死で身体に力をこめて我慢しているというのに、それくらいではどうにもならない。

——乳首、……触診されてるだけ……だぞ。

そんなふうに自分に言い聞かせる。

片側の診断が終わったのか、指が離れていったので、ようやく一息ついて涙目で訴えた。

「せんせ……、……すみま……せん。やっぱり、そこ、……ダメ……っ、あっ」

その最中に、反対側の乳首もそっとつままれて、すり合わされる。先ほどよりも、感じてしまったかもしれない。

「さすがに、君の訴えのように敏感すぎるみたいですね。ここまで敏感な人は珍しい。これでは、日常生活にも支障があるのでは？」

嶋田医師の声は冷静だ。いかにも医師、といった調子で尋ねられ、乳首をつまみあげられるたびに息を呑みながら、悠樹は必死で答えた。

「はい。……ワイシャツで擦れないように、アンダーウエアは……できるだけ柔らかなものを」

アンダーウエアはあらゆる素材のものを試してみた。それでも、何かの拍子で胸元が擦れたとき、ぞくっと身のうちを走る生々しい快感に立ちすくんでしまうことがある。

「そうでしょうね」

その言葉とともに、乳首を指の腹で転がされ、総毛立つような快感に悠樹は震えた。

感じやすいのを理解してくれたのか、尖った粒に触れる指先の動きはとても優しい。その次は親指の腹でそっと押しつぶされ、弾力を利用するように転がされる。

適切に力がこめられるようになると、切ないような疼きが下肢まで抜けた。

――すごく、……感じる……。

気持ちよすぎて、意識が拡散していくようだ。どっぷりとその気持ちよさに浸っていたい気持ちもあったが、相手は医者だ。

――早く止めてくれないと、このままじゃヤバい。

下肢のほうも蓄積された快感によって、爆発寸前まで張り詰めている。

それでも、じわじわと熱くなっていく身体をどうすることもできずにいると、嶋田医師が指を離した。これで終わりかとホッとしたが、そうではないらしい。

「感じやすいのはわかりました。ではもう少し、検査してみますね」

近くに置いた台から手に取られたのは、測定装置のついたはさみ型の鉗子のようだ。それを胸元に近づけられ、何をされるのかと思っていると、その金属の先で乳首をつまみあげられた。

「っぅあ!」

乳首の根元あたりに、金属のひんやりとした感触が広がる。乳首を金属で引っ張られて、そこからざわざわと広がっていく快感に息ができない。

「これくらいでは、……痛くないですか?」

どうやら、つまむ強さを測定しているらしい。それが感度を調べる何らかの指標になるのだろうか。つままれている強さが変わったり、つまみ直されたりされるたびに、悠樹は足をじたばた動かしたいような惑乱にさらされながらも、うなずくしかなかった。

「はい」

「でしたら、少しずつ強くしていきます。我慢できなくなったら、言ってください」

鉗子をつかむ指に力がこもり、さらにぎゅっと乳首がつまみだされた。ひんやりとした金属が、敏感なそこに食いこんでいく。

「っあ」

「まだいけそうですね」

そんな言葉とともに、少しずつ調整されていく。つままれている快感が、痛みに変化するそのギリギリを計られているようだ。

さらに強くされて、自分はどこまで耐えられるんだろうと考えながら、胸元を見る。

乳首に鉗子の先が食いこみ、その粒がくびり出されていた。

猥雑(わいざつ)に歪(ゆが)んだその形を見た途端、びくっと上体が反(そ)り返った。そのことによって、乳首がさらにきつく引っ張られる。

その一瞬に、ピリッと痛みが走った。

「っぁあ！」

だが、その一瞬後には、痛みは強い快感へと変化する。下肢を直撃した快感に耐えきれず、達しそうになった。だがその寸前、嶋田医師が乳首から鉗子を外した。

「反対側も、調べますね」

刺激がなくてうずうずとしていたもう片側の乳首を、さらに鉗子でつまみあげられる。

「っう」

ぞくぞくする。そこに感覚が集中する。かつてないほど、乳首の感覚が鋭敏に研(と)ぎ澄(す)まされている。

今度は鉗子に力をこめるのではなく、きゅ、きゅっと引っ張られた。そんなふうにピンポイントで、乳首だけを刺激され、下肢の熱が増していく。

もはや収まりがつかなくなった性器を持て余し、ひたすらイかないように我慢し続けていると、鉗子が外された。

それが金属の台に戻される音とともに、嶋田医師の声が聞こえてくる。

「どれくらい敏感なのか、だいたいわかりました。さすがにこれでは、日常生活にまで支障があるでしょう」

嶋田はラテックスの手袋を外すと、軽くうなずいた。

「では、服装が整いましたら、隣の部屋に移動をお願いします。次回の予約などは、そちらで」

「……はい」

彼は隣室へと消える。

一人で残されて、下肢が落ち着いてから隣室に移動したが、身体はプスプスとくすぶったままで、いつまでも乳首に快感がわだかまっていた。

悠樹は週二回、二ヶ月のコースを申し込むことになった。

乳首をいじられただけで勃起してしまうという困った状態に陥(おちい)ったが、さすがに次回からは施術の内容も違うだろうし、そんなことはないはずだ。

効果が出るまで根気強く通わなければならないが、医師にも敏感すぎる、というお墨付きをいただいたことで、さすがにこのままにしておいたらいけないと思った。

いつかは、誰かと恋ぐらいしてみたい。

だけどそんなとき、まぶたに浮かぶのは嶋田の姿だった。

嶋田は悠樹にとって、憧れの人だ。だけど、男同士だった。嶋田が恋愛の対象だなんて考えてはいけない気がしたし、たぶん違うはずなのだが、嶋田は悠樹に最初に乳首の快感を教えた相手だった。

それだけに、刷りこみが消えないのかもしれない。

──先輩は、俺のおかずになってるなんて、考えてはいないだろうけど。

絶対知られてはならない。墓場まで持っていかなければならない秘密だ。

それに、嶋田医師は嶋田に似ている。嶋田によく似た目元を思い出しただけで、また通いたくなった。

──それくらい、先輩に餓えてる。

従兄弟だから、似ているのは当然だ。髪の色も違うし、目元の感じも違う。そもそも大きなマスクをしているから、嶋田医師の顔全体を見たこともない。マスクを外したら、意外なほど似ていない可能性もあるのだ。

──だけど、それでもいいかも。

ひたすら、あの高校生のときの出来事を忘れようと努力してきた。

それでも忘れられない。性感が昂るたびに乳首が疼き、嶋田のことを思い出す。

だけど、いつまでも思い出に縛られてはいけないのだ。忘れたい。

乳首の感覚が鈍くなったら、この問題は解決するような気がする。そうするためには、せっせとクリニックに通うしかない。

かくして週に二回、悠樹は銀座の嶋田メンズクリニックを訪れた。

施術室に通され、白革製の、歯医者にあるような施術台に案内される。上半身だけ、着ているものを脱ぐように言われた。それが済んだころに、嶋田医師が再び現れ、腕と胴体を拘束帯で固定してから言ってくる。

「では、これから感度を鈍くさせる薬を塗っていきます。かぶれたり、何か問題があるようでしたら、次の診察日まで待つことなく、すぐに連絡してください」

「はい」

「まずは、クリームが十分に浸透するように、皮膚表面に予備の薬剤を塗布します」

そんな言葉とともに、さらに台が倒された。乳首のあたりにランプが向けられる気配があった。

自分をリラックスさせるように、悠樹は目を閉じた。

だが、少し間を置いた後で、乳首の側面を無数の毛の束のようなものがそっとなぞっていく感触を受け止め、びっくりして飛び上がった。

「う！　あっ……、先生。……それ……っ」

「導入剤です。じっとしてて」

そんな言葉とともに、乳首がなおも濡れた柔らかな筆でなぞられていく。その導入剤とやらを、乳首の形にそって丹念に塗りこんでいるらしい。敏感な部分をぬるぬると毛先でなぞられているだけなのだが、そのくすぐったさに腰が揺れそうになった。

鉗子で引っ張られたり、押しつぶされたときのように、金属で明確な刺激を与えられているのとは違う。触れているのか触れてないのかあやしくなるぐらいの刺激だったが、それでも確実に腰の奥にあやしい炎が宿る。

側面から撫でられ、尖ったてっぺんをなぞられ、じわじわと高まっていく体感を必死で受け流さなければならない。

——まだか？

しばらくしてようやく片方を塗り終わったようだったので、ホッとした。

だが、それで終わりではない。もう反対側の乳首に、筆が伸びていく。

「っあ！　あ、あ……っ！」

今まで触れられなくとも、もう片側への刺激でプクッと尖った乳首を、さわり、と無数の毛の束が撫でていく。その一瞬後に、甘い刺激が腰の深い部分まで届いた。

どうにか身体に力をこめて耐え抜こうとしているのに、嶋田医師が一定のリズムで筆を動かし始める。

何度も筆の先に液体がからめられては、乳首に塗りこまれた。絶え間なく肌を滑るさわさわとした刺激はなかなか終わらない。さすがに耐えきれなくなって、訴えた。

「——っ、……っあ、……あ、……っんぁ、……せん……せ、……っんぁ、あ……っ」

ほんの数分も塗りこまれてはいないはずだ。だが、筆によって側面から先端まで撫でられるのを、何度も繰り返されてはたまらない。

すでに勃ちかけているのがわかった。

訴えを聞きいれてくれたのか、筆が引かれた。トレイに置かれる気配がある。

それにホッとする間もなく、嶋田医師がラテックスの薄い手袋をはめた指先にクリームをすくい取り、その指先を乳首に近づけていく。

その指先で、乳首を無造作に押しつぶされる。先ほどまでは筆による触れるか触れないかの刺激だっただけに、乳首は指の刺激を格段に強いものとして受け止めた。

「……っ！」

乳首を転がすように、クリームを塗りこまれていく。しっかりとクリームを肌に浸透させるためか、指先がそこで円を描いた。

敏感な部分をそんなふうに扱われたら、悠樹はたまったものではない。しかも、肌が乾いた状態で乳首に触れられるより、クリームを仲介したほうが乳首が受ける刺激は大きくなる。

「っあっ、……っ、い、……っぁ、ぁ、ぁ、あ……っ」

指が動くたびに、尖った部分が無造作に肌に押しこまれた。

塗りこむ手を動かしながら、さらに嶋田医師は空いている指先でもクリームをすくい上げ、それをもう片方の乳首にも塗りこんでくる。

「ああ！　……っあ、……せんせ……っ」

片方の乳首への刺激だけでもいっぱいいっぱいなのに、両方の乳首をそんなふうにくりくりと転がされたらたまらない。この刺激の強さをどう耐えたらいいのかわからないでいたが、わかって欲しくて訴える。

だが、大きなマスクをつけた嶋田医師は、眼鏡越しにクールな視線を送ってきた。

「このまま三分。乳首にクリームが完全に浸透するまで続けます。申し訳ないですが、耐えてください。どんな声を出していただいても結構ですから」

——そんなこと、……言われ、たって……。

すでに感じすぎてマズいのに、このまま三分耐えるなんて不可能だ。

「む、り……」

訴えても軽やかに微笑まれるだけでかわされて、ひたすら乳首を転がされ続けた。刺激は単調だが、途絶えることがない。自分では下肢がどうなっているのか確認することはできないのだが、すごくそこは熱くなっていた。

もしかしたら嶋田医師の目にもそうとわかるぐらいに、形を変えているのではないだろうか。下着がかなりきつく食いこみ、張り詰めている感覚がある。

——また、勃っちゃった……。

びくびくと腰まで動きそうだが、それを引き止めるのは胴体に巻かれた拘束帯だ。胸元は何度も反り返ったが、それ以上の動きは手首の拘束帯によって阻まれている。不自然に、身体に力がこもったり、抜けたりする。

「っぐ……っ！」

乳首を両方、ひたすら三分間転がされる快感に耐えきれずに、変な声が漏れた。呼吸がどんどん乱れていく。乳首にクリームを塗りこまれているだけだ。だが、それが他人の指となると、どうしてこんなにも感じるのか。

――それに、……嶋田先輩のこと……、思い出す……。

彼に乳首に触れられた高校生時代のことを、何度も忘れられずに思い出してきた。

だからこそ、乳首に触れられると条件反射(じょうけんはんしゃ)で嶋田のことを思い出してしまうのかもしれないが、閉じた目の中で、ややもすれば自分の乳首に触れているのが嶋田に置き換わりそうになる。

「っは……っ！」

そのとき、新たにクリームがすくわれて、乳首にたっぷり塗りこまれた。

両方の乳首から、指の動きに合わせて生々しい快感が背筋を走り抜けていく。

乳首が滑りやすくなったためか、しっかりとクリームを浸透させるためか、乳首をつまみあげる動きが混じる。くりっと先端までクリームでその小さな粒(つぶ)をしごきあげるように、指先は動く。

単調な動きのはずなのに、そんなふうにされるとひどく感じた。

刺激が消えないうちに、また次の刺激が与えられる。ぬるぬるになった乳首を何度もつまみ直されるのがひどく気持ちよくて、だんだんと頭の中が真っ白になっていく。まだ三分は、経過しないのだろうか。

「仕上げに少し、強めに塗りこみますね」

そんな声がして、今までよりもほんの少し強く、指先に力がこめられた。

だが、その僅かな違いが、敏感な乳首に劇的に作用した。

つぅんと、身体の芯にあらがいきれない快感が走る。

「うぁ！　あ……！」

強めにつままれたまま、乳首をしごきあげられる。

「っぁあ、……っあ！」

こりっと、甘い刺激を残して乳首から指が外れる。頭がのけぞった。

刺激は強かったが、痛みではない。先日、測定器つきの鉗子で計られた数値が基準となっているのか、快感が痛みに変わるギリギリの強さで、乳首に刺激が与え続けられる。

指先で敏感な粒をつままれ、そっとすり合わされるのは、あまりに気持ちが良すぎて、じわりと涙があふれた。

――なんだ、これ……。

乳首がこれほどまでの快感を秘めている性感帯とは知らなかった。いや、十年前、嶋田に乳首をいじられたときに、かつてないほどの快感を味わっていたはずだ。

だが、それは禁忌のものだ。男なのに乳首で感じるのは怖かったから、その記憶を封印しようとしてきた。それでも、忘れられなかった。

蓋をしたはずの快感が、全身に染み渡っていく。

乳首を切ないほどにいじられ、気が遠くなるほどの快感にさらされ続ける。そんなふうにされると、たがが外れそうになる。こんなのはもう耐えられない。早く終わって欲しい。そろそろ三分は過ぎたはずだ。

訴えたいのに、乳首がつままれている間は頭の中が混乱して、まともに言葉も発せない。

「っぁ！　あ、あ……っ！」

乳首をつままれ、すり合わせられるのに合わせて、ガクガクと腰が震えてきた。どうしようもない快感がへその奥で膨れ上がり、自分が射精しそうになっているのに気づいて焦った。それだけはどうにか阻止したくて、おしっこを我慢するように下腹に力を入れる。だけど、そんな悠樹をいたぶるように、また乳首を何度もすり合わされ、勝手に腰が跳ね上がった。

「っうぁ、っぁ、……っぁあああ……あ……っ！」

乳首をいじる指の動きに合わせて、ついに下着の中で精液が吐き出された。何度ものけぞりながら、射精の衝動が治まるまで、ほとばしるものの勢いに身を任せる。

だんだんと力が抜けたが、下着の中が生暖かく濡れているのに気づいて泣きたくなった。

「う、……はぁ、……は……っ」

どうにかしたいのに、全身が弛緩して、しばらくはただ呼吸することしかできない。自分のぶざまな姿に、ついにじわりと涙があふれた。

――失敗した……。

とんでもない醜態を、嶋田医師にさらした。

乳首にクリームを塗りこまれただけで射精したなんて、嶋田先輩にすごく似ている嶋田医師には知られたくなかった。だが、イク瞬間の反応を隠し通せるはずがない。

嶋田医師の気配を探ると、クールに声が投げかけられた。

「これで終わりです」

彼が手袋を外すのがわかる。

――やっぱり、知られた……？　気持ち悪いって思われてるよな。

たかだか乳首にクリームを塗られ、医療的な措置を施したに過ぎないのに、あえいで、射精までしたのだ。とんだ変態だと思われたに決まっている。

いたたまれなさに消えてなくなってしまいたかったが、嶋田医師は思わぬことを言ってきた。

「ミルクは出なかったようですね」

「え？　あ……。ああ、そう……ですね」

ミルクのことなど、完全に忘れていた。

「すごく感じたときに、ミルクが出るとおっしゃってましたが」

胸元にはクリームが塗りこまれていたが、ミルクで濡れた感じはない。

ミルクが出るときには、乳首が特別きゅうんと切なく張り詰めて、つぅんとした感覚が生まれる。今回、それはなかった。

「……出てない、ですね」

その返事に、嶋田医師は前回のように落胆したような気配を漂わせる。それは、どうしてなのだろう、と悠樹は再び思う。

だが、すぐに彼は自分を取り戻した。

「ミルクの謎も、おいおい解明していきましょう。では、今日の施術は、これで終了です。乳首の感度を鈍くする薬を塗りこみましたが、劇的な変化はすぐには出ないかもしれません。ですが、焦らず、治療していきましょう。後ほど、日常の気づきをメモするノートをお渡しします。毎日の変化をそれに記してください」

テキパキと言われて、悠樹はそれにうなずく。

射精してしまったが、そのことに触れられないことが救いだった。

大量に射精したように感じられたが、実際に出た量は少ない。あの瞬間の、腰の大きな震えさえ、医師が見逃していたら、本当に気づいていない可能性もある。

それに賭けるしかなかった。


——だけどさ。治療を始めてから、何だかますます、乳首で感じるようになってきたような気がするんだよな。

週に二回。ひたすら乳首にクリームを塗りこまれる日々は続いていた。

今回で、悠樹がこの銀座の嶋田メンズクリニックに通い始めて五回目となる。医療用医薬品を使用するからと、嶋田医師自らに施術されている。

とても気持ちがよくはあるのだが、心からくつろげないのは、後ろ暗いほど感じてしまうからだった。

乳首をいじられると、どうしても勃起してしまう。必死になって耐えようとするものの、射精まで追いこまれる。以前の四回ともそうだった。

嶋田医師は淡々と施術してくれているものの、これに気づいていないはずがない。

——だよな。やっぱり、気づかれているよな……。

一番の問題点は、それなのだ。嶋田医師の手によって与えられる快感は、悠樹にとって度を超えたものだった。乳首の感覚を鈍くしたくて通っているというのに、これでは本末転倒だ。

「あの、……先生……」

だから自分でワイシャツを脱ぎ、アンダーシャツも脱いで、施術台に横たわりながら、悠樹のほうから切り出してみた。

「その、……今さらではあるのですが、困ったことがありまして」

「困ったこと?」

今日も嶋田医師は、嶋田とよく似ていた。声もよく似ていたが、嶋田医師のほうが淡々としているように思える。

「はい。……ええと、ですね。……乳首をいじられると、いつも勃ってしまって」

それが困る。わざとではないのだ。

「それが、どうかしました?」

「え？」

そんなふうに返されて、悠樹は真っ赤になった。

──気づかれてた……！

勃っていたどころか、これでは達していたことまで知られているのではないだろうか。いたたまれなくなって、悠樹はぎこちなく視線をそらせた。だが、勃ってしまうことへの改善策を、一応は考えてきた。それを提案してみたい。

「さすがに、それは申し訳ないので、……その、先生が見ているところで、自分でクリームを塗るとかは、ダメでしょうか」

施術に使うのは医療用医薬品だから、素人が扱ってはいけない。だけど、医療者の監督の元で、自分で塗りこむのなら大丈夫なはずだ。あくまでも、素人調べだが。

打開策はこれしかないと意気込んで提案してみたのだが、眼鏡の奥の目がすうっと笑うように細められた。

「医療医薬品の扱いとしては、それも可能ですが。……自分でされても、勃起してしまうのでは？」

──勃起……！

嶋田医師の口から漏れた単語に、悠樹はさらに赤面する。

勃起というのは医学用語だっただろうか。そんなことを頭のどこかで考えていた間に、嶋田医師が言葉を重ねた。

「自分でやるか、私が施術するかにかかわらず、問題だと思われているのは、乳首を刺激すると勃起してしまう、ということですよね」

確認されて、悠樹はうなずくしかない。男性なのに、乳首ですごく感じる。それが自分の健全な性の発達を阻害し、女性と付き合えなくなっている原因としか思えない。

「乳首を刺激しても、勃たないようにする方法ってあるんですか？」

かつてそれで失敗した苦い経験がある。

嶋田医師は悠樹の腕を、施術用の椅子に固定しながら言った。

「そうですね。でしたら、別のところを刺激してみるのは、いかがでしょう」

「別のところ……？」

「ええ。乳首だけ刺激するから、そこに感覚が集中してしまうのです。ですから、他のところを同時に刺激したら、気がそがれるかもしれません」

別のところというのがどこを指しているのか、悠樹にはピンとこない。だが、こんな場合、まず頭に浮かぶのは性器だ。

乳首と同時に性器を刺激したら、そちらのほうの刺激のほうが強いはずだ。だが、そこを嶋田医師に触られると想像しただけですくみあがる。それとも、乳首をいじられている間、自分で性器に触れろという提案だろうか。だが、そんな姿を嶋田医師に見られるのは、抵抗があった。

恐る恐る聞いてみた。

「別のところ、というのは、……その、……性器でしょうか」

声が上擦るのを感じながら、尋ねてみる。途端に、否定された。

「まさか」

その声には、笑みが混じっていたように思えた。さすがにそれは考えすぎだとバカらしくなり、心の余裕が生まれた。

「そう、ですよね」

ホッとする。

それもつかの間、スラックスのベルトに手をかけられて緩められたことに焦った。

「あの……」

「性器には触りません。ですが、いつも汚されているようですから、下も脱いでおきましょう。タオルをかけますね」

こそこそと後始末をしていたのを、知られていたのだろうか。嶋田医師には、恥ずかしいところばかり見られている。

「は、……はい。すみません」

身の置き所がなかった。だが下半身を剥き出しにされると、途端に落ち着かなくなる。

尻が直接、革張りの椅子に触れていた。すぐにタオルを掛けられたが、下半身の防御力の弱さを感じてならない。

「あ！」

そのとき、リクライニングの椅子が動いて、背面が倒された。下肢がタオルのみだと、どうにも落ち着かない。

――だけど、乳首にばかり、感覚は集中してない……！

いつもなら、こんな状況にされるなり、ツンと乳首が尖り始める。なのに、今日は腰のあたりに感覚が分散されている。

「では、始めます」

そう言って、嶋田がラテックスの手袋をはめた。

乳首に、まずは浸透液が塗りこまれる。ひんやりとした液体が繊細な筆によって塗りこまれていく。

それから嶋田が筆を引き、乳首の弾力を確かめるように、その筆を反転させて、背面で軽く粒を押した。

「っぁあ」

筆先によるさわさわとした感触の後の、強い刺激にぞくっと身体が痺れた。筆の背で確かめた弾力は合格だったのか、そのまま嶋田は筆を引いた。

次は、指で直接クリームを塗りこまれる番だ。

それを覚悟して深呼吸をしようとしたときに、嶋田が椅子を少し操作した。何気なく足を乗せていた部分が左右にぱっくりと別れていくことに、悠樹は驚愕した。椅子に合わせて、足が動く。

またかろうじてタオルで隠されているものの、嶋田医師に足の間を見られてしまう格好になっていた。

――え？　えええ……？

「この椅子は、足も開くんですよ」

説明しながら、嶋田医師は開いた太腿に拘束帯を巻きつけた。手順よく左右の太腿部分をそれで固定されてしまうと、悠樹は自力で足を閉じることもできなくなる。

その状態でさらに椅子が微妙（びみょう）に傾（かたむ）き、お尻を支えていた部分がすうっと消えた。だが、身体は十分にリクライニングされていたし、固定もされているから、落ちる心配はない。

――だけど、何だ。この格好……！

これではまるで、産婦人科の椅子だ。悠樹はそれを直接見たことはなかったが、おぼろげな知識で知っている。それと似たようなものがメンズクリニックに備わっている意味はどこにあるのだろうか。

質問は口に出せない。なんだか、まな板の上の鯉になったような気分だ。

嶋田医師がそんな悠樹を満足気に見下ろし、「さて」とつぶやいた。

その手がいつものように乳首に伸びていくのを、悠樹は怖いような気分で見ていた。乳首は筆による刺激で、ツンと硬く尖っている。ラテックスの指先で乳首をきゅっとつまみあげられただけで、じわりと快感が腰の奥まで響く。

足を広げた格好で固定されているという事実も、悠樹の神経を過敏にさせているのかもしれない。

開いた足には触れられないまま、いつものように両乳首に丁寧にクリームを塗りこまれていく。

まずは乳輪部分をなぞられていると、ざわざわと肌が震えてきた。乳首の尖った部分は最初に軽くクリームを塗りこまれただけで、それ以降は触れられていない。だが、そのすぐ近くに触れられているだけで中心部分がますます硬く尖り、むず痒いような疼きを宿した。

こんな状態で乳首を刺激されたら、どうにかなる。

そんな思いが限界までこみあげてきたのを読み取ったかのように、乳首を指先でつまみあげられ、そっと引っ張られた後ですりつぶされた。

「っう、あ！」

ずっと似たような施術をされているはずなのに、回を重ねるたびに快感が大きくなっていく。だからこその、今回の施策だろうか。下半身を剝き出しにして、全身に意識を分散しようということか。

――だけど、……やっぱり、乳首にばっかり集中するけど……！

そうなってしまう身体をセーブすべく、足とか腕とか、いろいろなところに触れて、感覚を散らそうという作戦なのか。

再び指が乳首に触れ、クリームを塗りこまれて、腰の奥が甘く溶けていく。身じろぎをするたびに太腿の拘束帯が食いこんで、大きく足を広げていることを意識した。自分の恥ずかしい格好を、絶え間なく自覚させられる。

「不思議ですね。普通なら、もっと鈍くなっているはずなのですが」

自問するような嶋田医師のつぶやきに、悠樹はぎゅっと目を閉じた。

「俺のは、っん、……あまり、ぁ、……鈍感に、……なって、……ない、ん、ですか？」

自分でも乳首がむしろ敏感になっているような感じはあったが、医師からみれば別の評価があるのではないかと期待もしていた。だが、やはりそうではないらしい。

「五回目ですから、普通ならこれぐらいの刺激を与えても、さして何も感じなくなるはずなんですが」

そう言った後で、乳首に強い刺激が走った。

「っぅああ！　あ、あ、ぅあっ、んぁっ……」

何があったのか、一瞬わからなかった。いきなり片方の乳首が強めにつねりあげられている。

だが、すぐに指から力は抜けた。

「な、……なに……っ」

上擦った声が漏れる。

痛くさせたことを詫びるように、嶋田医師はクリームを足して、柔らかく乳首を撫でてきた。

「すみません。やはり今くらいの刺激は、痛すぎるようですね。まるで乳首は、鈍感になってはいない」

痛みでガチガチになっていた身体に、乳首を柔らかく転がされる快感が染み渡ってくる。だが、先ほどの一瞬の鋭い刺激が、乳首の神経を活性化させていた。同じように転がされているはずなのに、受け止める快感は先ほどよりも強い。

「……鈍感に、……なってない、……ですか」

そう思うと、切ない。

自分の希望が果たされないことよりも、嶋田医師がせっかく施術してくれたのに、それを無駄にしてしまったのが申し訳ない。嶋田の従兄弟であり、その声を聞くたびに嶋田のことを思い出さずにはいられないのが原因かもしれない。

その彼の手で乳首を器用に転がされるのが、あえぎたいぐらい気持ちよくてたまらない。

そこまで感じてしまうことに、罪悪感すら抱くほどだ。嶋田のことを思い出してしまうからこそ、こんなに感じてしまうのかもしれない。どうにか二人を切り離したいのに、それが上手にできない。

「なかなか効果があがらなくて、申し訳ありません。ですが、手をつくします」

そう言われて、涙目でうなずいた。すると嶋田医師は小さくうなずいて、乳首を丁寧に擦りあげてくる。

「っぁ！　……あっ、あ、あ、あ……っ」

乳首の小さな粒の、弾力を楽しむような指の使いかただった。人差し指の先でそっと押しつぶされながらきゅっと引っ張られると、気持ちが良すぎて太腿にまで力が入る。人肌でとろりと溶けたクリームが乳首の気持ちよさを底上げする。

「やはり、これくらいの強さが最適、というわけですね。鈍感になっているとは思えませんから、やはり別の方法が必要かもしれません」

そんなふうに言いながら、嶋田医師が悠樹の足の間に移動した。

乳首を引っ掻くように動かす片方の手をそこに残したままだったが、もう片方の手が悠樹の内腿に触れた。筋肉の付き具合を確かめるようになぞりながら、そのつけ根まで移動していく。それを、悠樹は感覚だけで追っていく。

――だけど、そこは……っ！

きわどい位置に触れられながらも落ち着いていられたのは、性器には触れないと言われていたからだ。

だが、嶋田医師の手は性器ではなく、そのさらに奥、後孔あたりに触れた。

――え？

最初は間違って触れただけかと思った。

だが、嶋田医師の指先は、悠樹の後孔のそばにとどまる。性器にはタオルをかけてもらっているはずだが、後孔までタオルで隠されているのかは、悠樹のほうからは確認できない。性器が勃起している感覚はある。指先はその根元のあたり、蟻の門渡りと呼ばれる部分をなぞっていく。指先にはクリームが残り、その動きはなめらかだ。

――うわっ……！

だが、どうしてもおぞましさがあった。そんなところに触れられたことはない。指の腹で触れられるだけで、ぞわぞわと悪寒（おかん）が走る。

ついに耐えきれずに、声を押し出した。

「せんせ、……っあの……」

お手数ですが
切手をおはり
下さい。

郵便はがき

102-0075

東京都千代田区三番町8-1
三番町東急ビル6F
㈱竹書房　ラヴァーズ文庫
「苺乳の秘密
～後輩の甘い乳首が狙われてる～」
愛読者係行

	アンケートの〆切日は2022年10月31日当日消印有効、発表は発送をもってかえさせていただきます。				
A	フリガナ 芳名				
B	年齢　　　歳	C	女・男	D	ご職業
E	ご住所　〒				
F	購入方法　・書店　・通販　・その他（　　　） 電子書籍を購読しますか？ ・電子書籍メインで購読している　・ときどき購読する　・購読しない				

※いただいた御感想は今後、「ラヴァーズ文庫」の企画の参考にさせていただきます。
なお、御本人の了承を得ずに個人情報を第三者に提供することはございません。

「苺乳の秘密～後輩の甘い乳首が狙われてる～」

ラヴァーズ文庫をご購読いただきありがとうございます。2022年新刊のサイン本(書下ろしカード封入)を抽選でプレゼント致します。(作家：ふゆの仁子・西野 花・いおかいつき・バーバラ片桐・奈良千春・國沢 智)帯についている応募券２枚(４月、７月発売のラヴァーズ文庫の中から２冊分)を貼って、アンケートにお答えの上、ご応募下さい。

H

●ご希望のタイトル

・獅子の契り　ふゆの仁子　　・雄の花園　西野 花
・苺乳の秘密　バーバラ片桐　　・キス×キル　いおかいつき

I

●好きな小説家・イラストレーターは？

J

●ご購入になりました本書の感想をお書きください。

タイトル：
感想：

タイトル：
感想：

応募券を貼って下さい

応募券を貼って下さい

K

●プレゼント当選時の宛名カードになりますので必ずお書きください。

住所 〒

氏名　　　　　　　　　　様

落ち着いた声が返ってきた。

「先ほど説明しましたが、乳首ばかり意識してしまうのを阻止するために、他のところを刺激します」

「ですけど……」

それが、こんなところだとは思っていなかった。

そのあたりをなぞられながら乳首を転がされると、また乳首のほうに意識が向かう。

完全に力が抜けきったタイミングで、不意に指が体内に押しこまれた。

「う、あっ！」

さすがにそこまでされるとは思っていなかっただけに、驚きに身体が跳ね上がる。

「あの、せんせ……っぁ、……指……っぅう……っ」

まだ指はたっぷりクリームをまとわせていた。痛みはなかったが、違和感がすごくて、いきなり侵入してきた異物を、渾身の力で締めつける。だが、クリームでぬめる指を押しとどめることはできず、なめらかに狭道を押し広げられた。

他人の指を体内で感じたことはなかっただけに、いくら締めつけても軽減しない存在感に、パニックに陥りそうになった。

「あの、指……っ」

まともに言葉も出せないでいる間に、指は完全に根元まで入りこんだ。慌ててそれを押し出そうと襞がひくひくとうごめくが、どうにも押し出せない。締めつけるたびに、そこに指があることを実感させられるばかりだ。

「っんぁ、……あ……っ」

「痛くはありませんよね。深呼吸して、力を抜いてください」

慌てているのは悠樹だけで、嶋田医師の声は至極、冷静だった。

そんな声をかけられたことで、これは治療の一環だと思い出す。懸命に、その指示に従ってみようと深呼吸する。

だが、指がそっと動かされるだけで、信じられないほど体内の感覚がかき乱された。

「っ、あ、……だめ……っうごかさ……な、……っぁんぁあ……っ」

これは、いったい何なのだろう。どうして自分は、医師に指を入れられているのか。

指が入ったり出たりするたびに、生々しい疼きが体内から生まれる。

男性が尻に指を入れられると、勃起すると聞いたことがあった。だから、嶋田はここに指を入れているのだろうか。

そう考える以外に、説明がつかない。

――確かに、……これだと、……乳首よりも、……体内に、意識が……っ。

この不快感と違和感を耐えれば、何かが変わるのだろうか。違和感を必死でやり過ごそうとしていたとき、不意に体内に甘ったるい刺激が走った。

「っう、あ！」

嶋田医師の指が襞の一点をかすめた。そこに、悠樹自身も知らない快楽スポットがあった。指

で内側から圧迫されているだけで、何だか性器の先から精液があふれるような、ぞくぞくとした痺れが広がる。身体の力が抜けていく。

——何だ、これ……っ。

そう考えたのを見抜いたように、嶋田医師が言った。

「これが、前立腺(ぜんりつせん)です」

その位置を教えこむように、なぞられた。ちょうどペニスの根元に当たるところで、なぞられるたびに尿道にまで甘い刺激が広がる。

何度か指を抜き差しされただけで、ガチガチに性器に芯が通った。その感覚に意識をとらわれていたときに、乳首を柔らかく押しつぶされる。

「っふ、あっ」

加えて乳首からも広がる刺激が、性器までジンと響いた。さらに乳首の粒を指の腹でぷにぷにともてあそばれると、襞がひくつく。

「っんぁ、あ……」

刺激が二カ所に増えてはいた。だが、それは受け止める快感を分散させるのではなく、むしろ増幅(ぞうふく)させてはいないだろうか。

——こ、……これは、逆効果では？

だが、まだわからない。

指をゆっくりと動かしながら乳首にクリームを塗りこまれると、感じすぎて中にある指をぎゅうぎゅうに締めつけてしまう。

「っん、……あ、あ……あ……っ」

しかも、嶋田医師はその指をリズミカルに動かしてきた。

薄く開いた目に見えたのは、嶋田医師の目元だ。どうしても、嶋田とその姿が重なる。

――嶋田……せんぱ……い……っ。

高校生のあの日から、自分の身体に性的な刺激を与えるときに浮かび上がるのは、嶋田の姿だった。

――しまだ……せんぱいに、……されてる、みたいだ。

頭の片隅が痺れて、嶋田のことしか考えられなくなる。あの日、嶋田は指を伸ばし、乳首をつまんだ。自分の胸元に吸いついて、乳首を舐めた。

その過去の記憶が、現在と混じり合う。

「……っぁ、……あ、……あ……っ」

指が前立腺をなぞるたびに、射精している瞬間を無理やり引き延ばしたような快感が湧き起こる。中の指の動きはリズミカルで荒々しいのに、乳首を転がす指の動きは繊細で優しい。正反対のたまらない快感に翻弄される。

「っぁああ、……ん、あ……っ、指、……ダメです。――抜いて、……ゆび……」

もはやまともに舌も回らない。

この異常な状況で、身体は快感を拾い集め、絶頂に向けて駆け上がっていく。

剥き出しにされた自分の性器の様子は恥ずかしすぎて直視できなかった。だが、腰を揺らすたびにガチガチになった性器が、へそのあたりにかすかに触れる。濡れている感じがあるから、先端からたっぷり先走りの蜜をあふれさせているのだろう。

そんな恥ずかしい姿を、嶋田医師に見られるのはいたたまれない。

それでも、さらなる刺激を欲して、襞が指にからみついた。絶頂まであと少しだ。こうなってしまったからには、イクまで満足できない。

だから、頭を真っ白にして、与えられる刺激に集中しようと思った。

なのに、一番欲しいところでいきなり指が体内から引き抜かれた。

「指はダメ?」

からかうような声が響く。

いつものクールな医師の声ではなく、かすかにぬくもりが感じられる声だ。その響きが嶋田に似ていて、悠樹はぎゅっと目をつぶった。

「だめ、……です」

どうにか、正気を保とうとする。ここで中断して欲しい。これ以上の醜態を見せたら、次回から通えなくなる。

そう思ったのに、指が抜かれた直後から、刺激が途絶えたのが我慢ならないとばかりに、中がひくひくと物欲しげにうごめいた。

その状態で乳首を軽くマッサージされると、たまらない刺激が次々と身体の芯まで伝った。だが、イクにはその刺激だけでは足りない。

――もっと、……欲しい。

餓えるように考えた。

あとほんの僅かな刺激されあれば、昇りつめることができる。身体はひたすらそのことを待ち望む。

「っあ！　せん……ぱ……」

舌っ足らずな声で、それができる唯一の人の名を呼んだ。

嶋田によく似た目元だ。嶋田医師と嶋田先輩の区別ができなくなっていた。その目を見つめながら、すがるように訴える。

「っん、っ……もっ……と……」

何をして欲しいのかは、切実な声の響きから読み取ることができるはずだ。そんな思いとともに声を押し出すと、彼の目元がすうっと細められた。

その目の表情が、やはりひどく嶋田に似ていた。切ない痺れが身体を貫く。

次の瞬間、指がまた奥まで入りこんできた。

先ほどまでの、指一本分の太さではない。一瞬、性器でも入れられたのではないかと錯覚するほど、中を大きく押し広げられる。

ごりっと硬いものが体内の前立腺を擦りながらねじ込まれたとき、脳裏に浮かんだのは、嶋田医師ではなくて嶋田に自分が犯されている姿だった。

それを想像した瞬間、腰の深いところで爆発(ばくはつ)が起きた。

「っうぁ！　……っう、ぁあああ、あ、あ、あ……っ！」

かつてないほどの、強烈な快感の爆発があった。

快感が全身を駆け抜け、勝手に腰が跳ね上がる。

ぎゅうぎゅうと中のものを締めつけながら、幾度(いくど)にもわけて精液を吐き出した。


しばらく、悠樹は椅子でボーッとしたまま動けなかった。

目の端で確かめられたが、最後に体内に押しこまれたものは、性器ではなくて、嶋田医師の指だったらしい。ただし一本ではなく、二本のようだ。抜き出されるときに、それがわかった。

——そう。……ここにいるのは、嶋田先輩ではなくて、……嶋田先生。

うっかり『先輩』と呼んだのを、嶋田医師は不審(ふしん)に思っていないだろうか。不安が胸にこびりつく。

嶋田医師は射精した悠樹の腰にタオルを掛け直し、手足の拘束帯を外した。

「身支度がすみましたら、隣の部屋に」

それだけ言い残して、彼はいつものように隣の部屋に行ってしまう。

悠樹は強い快感の反動で、なかなか動けずにいた。だが、だんだんと悲しくなって、一人で泣いた。

どうして泣いているのか、自分でもわからない。ただ、これは自分が望んでいた状態ではないということだ。嶋田医師と触れ合う中で、自分の心の奥底にあった思いが隠しきれずに引き出されてしまった。

――……やっぱり、俺。……嶋田先輩のこと、好き……なんだ。

ずっと否定してきた。自分はゲイというわけではないし、同性で惹かれたことがあるのも、嶋田だけだ。

かつて妙なことになったから、その記憶が消えずにいるだけに過ぎないと、自分に言い聞かせてきた。だが、さすがに否定しきれないところまできている。

嶋田医師の指によってイかされている最中に、頭の中にあったのは嶋田のことばかりだったからだ。

あれから十年だ。すでに二人にとってあのときのことは遠い過去となり、忘れるのが当然になっている。なのに自分だけが、いつまでもそのことを忘れられない。

――俺は先輩に、……またあんなことをされたいと望んでる。

嶋田がかつて乳首を触ったのは、純粋な好奇心からであって、それ以外の意味などあるはずがない。そんなことはわかっているのに、どうしてもそのときの記憶が消えない。嶋田に触ってもらうことを、待ち望んでいる。

――早く忘れないと、ダメなのに。

じわじわとにじむ涙を拭い、悠樹はだるく感じられる身体を起こした。まだ乳首が硬く尖っていて、ひりひりする。それ以上に違和感があるのは、後孔だった。まだ指が入っているように感じられた。こんなところに指をつっこまれて、感じるなんて知らなかった。

——何か、……すごいな。男同士って、……ここでつながるんだ。

そこで初めて快感を得てしまったおかげで、嶋田先輩と自分がそうすることをリアルに思い描いてしまい、悠樹はそれを頭の中から消そうと首を振った。

あまり嶋田医師を待たせすぎてはいけないと、のろのろと服を着ていく。

まだ性器に熱がこもっていた。性器に直接触れることなく、体内だけの刺激で達したなんて信じられない。ここでは知らない快感ばかり引き出されるから、少し怖い。

自分の身体が変わっていくようだ。

しかも、嶋田によく似た面差しを持つ、嶋田医師の手で。

こんな醜態までさらして、これからもこのクリニックに通うべきなのかどうなのか、考える。

——だけど、先生は、……先輩に似てるから。

それだけでいそいそと通ってしまうぐらい、嶋田のことが好きなのだ。

施術中の嶋田医師の目元を思い出しただけで、ぞくりと身体が痺れた。

あの目があるかぎり、自分はここから逃れられない気がする。それくらい、嶋田の面影を一つ一つ拾い集めずにはいられない。

〔四〕

嶋田碧人にとって、忘れられない味、というものがたった一つだけある。

思い出しただけで喉がひくりとうごめき、耐えがたい渇きを覚える。一度その味を知ってしまったからには、他のものではどうしても埋められない。そんな幻の味だ。

その味は脳に訴えかけてくる。魂が、その味を欲してやまない。

それは学生時代に一度だけ口にした、甘いミルクの味だった。後輩である野崎悠樹の、舌に心地よい小さな弾力のある乳首から、直接舐め取った、彼の体液――。

初めて口にするものなのに、どこか泣きたくなるぐらい懐かしかった。頭がクラクラとして、気がつけばその小さな乳首を夢中で吸っていた。

その幻の味は、唇を離した後で見た悠樹の、快感にたゆたったような凄絶な色気のある表情とともに、記憶に深く刻まれている。

それを口にしてから数日間は、魔法にかかったかのように夢見心地で過ごした。何度もその味を思い出しては、また味わいたくなった。単なる液体の味としてではない。そのときに口の中で味わった全感覚――消えてなくなりそうな小さな粒の弾力を唇で感じ取りながら、もっともっとそのミルクを吸い出そうと、舌や歯が密着したときの感触も、強く残っている。

――最高だった。……あれに勝る甘味は、……今でも味わったことがない。

あれから十年。ひたすらあの禁断の味がもたらす衝撃を、追い求めてきた。

だが、どれだけ心をつくしてスイーツを作り上げても、あれにはかなわない。どれだけ上等な練乳であっても、どれだけ贅を極めた生クリームであっても、嶋田の魂をあれほどまでに直撃することはない。もしかしたら味だけではなく、舌や唇で感じ取る触覚も大切な要素なのでは、と思って、あの乳首の弾力を再現しようともしてきた。

さまざまなゼリーや、もちもちの食感を持つスイーツ。あらゆる食材での弾力を再現したくて、情熱を傾けてきたが、やはりあのとき口にした乳首にはかなわない。

高校生のときには、嶋田にとってのスイーツ作りはちょっとした趣味でしかなかった。調合や作成法を変えていくと味まで変化するのが楽しく、しかもそれを食べてくれる悠樹の笑顔が嬉しかった。

だけど、あの味を知ってしまったことで、その後の嶋田の人生が変わった。

禁断の味を再現することに、ひたすら心血を注ぐことになったのだ。

――それくらい、衝撃的だった。

魂に刻まれた味。

どうしてももう一度、それを食べてみたい。

それほどまでにそのミルクに魅せられたにもかかわらず、二度と味わえないのには事情があった。何故なら、あの後から悠樹に徹底的に避けられたからだ。

部活にも、自主練にも出てこない。校内でその姿を見かけることがあったが、さりげなく視線をそらされ、無視される。

どうしてそんなことになったのかは、理解していた。いきなり先輩に乳首を吸われたのだ。何かと多感な思春期だから、悠樹がそんな態度に出るのは当然と言えた。だからこそ、嶋田も理解のある先輩を演じたのだ。

悠樹にはしつこくつきまとわないようにしようと。

ゲイというわけではない悠樹が、同性に乳首を吸われて喜ぶはずがない。訴えられないうちに、離れるべきだ。

——だけど、……どうしても、忘れられない。

味覚だけではなく、舌先や唇に残った、官能的な食感も忘れられない。

それでも自分の腕があれば、いつかその感動を、完成されたスイーツとして昇華できると信じていた。工夫を凝らし、技術を磨き、パティシエとしての道をひたすら極めようとしてきた。そうすれば、いつかあの味にたどり着けるはずだ。

だけど、どれだけ高評価を得たとしても、嶋田は満足できない。あの味が再現できないからだ。他にどうすればいいだろうか。そう悩んでいたときに、悠樹に再会した。

一目でわかった。背をまっすぐに伸ばした姿勢の良さに、さらさらの髪。育ちがよさそうなソフトスーツに、何より忘れられない上品な顔立ち。

しかも彼は、自分がシェフパティシエを務める店の、アフタヌーンティの会場に来てくれたのだ。

見たときは、幻かと思った。だけど、間違いない。いつでも嶋田を少しまぶしそうに見る表情も、少しも変わっていなかった。笑うと、悠樹の取り澄ました表情は一変して、無邪気な感じになる。心の中で、天使と呼んでいたのを悠樹はいまだに知らないだろう。

悠樹は屈託なく、再会を喜んでくれた。

だから、もう絶対に失敗したくなかった。悠樹とは一生の友人となりたい。一時の欲望に流されることなく、友人としてずっと交流を続けたい。なのに気づけば、悠樹のミルクのことばかり考えていた。

またあれを味わいたい。あんなことなど、二度と繰り返してはいけないのに。

彼と言葉を交わすだけで、声が震えそうになった。指先もだ。感動に、心だけではなくて、全身が歓喜を叫んでいた。

それほどまでに、生身の悠樹が素晴らしいものだと鮮明に思い出した。目が離せない。声を一言も聞き漏らしたくない。悠樹の全てを摂取したい。

ただ悠樹を前にしているだけで、心が震える。たぶん、これが恋だ。

親が決めた婚約者とは、うまくやってきたつもりだった。浮気もせず、大切に接してきた。なのにどうして、彼女のほうから別れを切り出されたのか、わからずにいた。『私のこと、好きじゃないから』と言われたが、理不尽な言いがかりをつけられたような気持ちでいた。

だけど、それがどうしてなのか、悠樹を見た瞬間に理解した。

——本当に好きっていうのは、こういうことだ……！

彼の言葉に全神経を傾け、彼の視線の動きまで意識している。

息がまともにできないほど、悠樹の顔ばかり見ていた。

そのままきつく抱きしめて、心の赴くがままにキスしたくてたまらなくなった。

だが、全身全霊でその衝動を抑えつけ、可能なかぎり冷静に振る舞い続けたのは、そんなことをしたら二度と会ってくれないとわかっていたからだ。

何せ、前例がある。十年前のあやまちを繰り返してはいけない。

だが、悠樹のことが諦めきれない。毎日のように会いたいし、かなうのならば、その胸の愛しい突起から、直接ミルクを舐め取りたい。そんな強い思いが脳を支配し、どうしても悠樹と次の約束を取りつけずにはいられなかった。

だから、月に二回のスイーツの試食会を提案し、さらに悠樹の悩みを聞き出したことで、嶋田医師になりすますという、とんでもない愚行まですることになったのだ。

銀座の一等地に、嶋田グループが所有する土地があった。その一つに、クリニックなどが入っている雑居ビルがあるのだが、そこには美容整形医師をしている嶋田の従兄弟が経営していたクリニックがあった。彼は今現在、海外に最先端の技術を学びに出かけているので、その間、クリニックは空になっていた。

その期間、遊ばせておくのはもったいないので、他に貸そうか、という話もあったのだが、土地も建物も嶋田グループのものだ。税金はかかるが、維持費はさしてかからない。

二年のみの賃貸しも面倒だし、高価な医療機器もあったので、そのままにしておくことになった。例の提案にあたっては、その空いたクリニックが、嶋田の頭にあったことは間違いない。空のクリニックを利用して、従兄弟になりすますことにした。

——最初は、いつバレるかとヒヤヒヤしたけど。

顔の大半は、マスクで隠れる。もともと従兄弟とは本当によく似ていて、親族間の集まりなどでは間違えられることもしばしばあった。

だけど、さすがにそのままではバレるはずだ。だから、銀座で美容師をしている知人に相談した。彼は多少の変装をすれば印象が変わるから、バレないかも、と提案してくれた。

まずは眼鏡をかけ、さらに髪色と髪型を変える。それだけで、だいぶ変わる。女性ならメイクで一気に別人になれるが、男性の場合でもそれとわからないように、少しメイクを施せばいい。

彼の腕は確かで、多少メイクを施したら、普段、職場で顔を合わせるスタッフでもわからないほど印象が変わったようだ。

身内に会ったときも、従兄弟と間違えられたぐらいだ。そのことで、嶋田は自信を深めた。

その変装で悠樹に会っているのだが、いつバレるかとヒヤヒヤする。

何せ悠樹は、元の自分を知っているのだ。罪悪感もあったが、甘美な楽しみを知ってしまい、それをやめることはできなかった。

「よし」

念入りに鏡の前で、嶋田は自分の姿を確認した。

今日は従兄弟になりすました白衣姿ではなく、パティシエとして悠樹と会う。スーツ姿だ。ビシッとネクタイを締め、できるだけ自分が男前に見えるように洒落こんだ。悠樹が憧れの目を向けてくれるからには、それにふさわしい先輩でありたい。本当の嶋田は、いまだにミルクの味を忘れられずにいるわけだけど。

ミルクが飲みたいと渇望していたが、悠樹との関係は大切にしたかった。彼と顔を合わせ、話をするだけで癒やされる。その時間を大切にしたい。この関係を崩したくない。

だが、嶋田が嶋田医師になりすましていることを悠樹が知ったら、この関係はあっという間に破綻するだろう。そう思うと、最後まで自分が嶋田医師であることを隠し通すしかない。

自分の中に、二人の自分がいた。

嶋田医師になりすまして、悠樹の桜色の乳首をこよなく愛し、そこからミルクを出したいと強く願う自分と、そんな欲望を切り離して、悠樹と健全な関係を続けたいと望む自分だ。だが、悠樹の桜色の愛らしい乳首を思い出すだけで、全てがそこに引きずられそうになる。

だが、軽く自分の頬を叩いて、嶋田は自分に活を入れた。

――やり抜こう……！

少なくとも、今はバレていないはずだ。悠樹との幸せな時間を長引かせたい。

そう考えて、嶋田は悠樹と会うラウンジへと向かった。

「すぐに、嶋田が参りますから」

そう言って、タキシード姿のウエイターは、最上階にあるラウンジの個室のテーブルに、水の入ったグラスを置いて出て行った。

悠樹は本革張りの座り心地のいいソファに身を預けて、一息つく。

「ふう」

ネクタイを緩めようかと手が伸びたが、失礼かもしれないと思ってそれを止める。

仕事が終わった後だ。自分の一族のグループ企業に勤めていたが、まずは一社員として勤務することになっている。だが、周囲は悠樹の家のことを知っているから、特別扱いされているのは否めない。

それでも、一仕事終えた後の解放感を、このようなラウンジで味わえるのは最高だった。この後、最高のスイーツとお酒が味わえる。そして何より、目が喜ぶ嶋田までついてくるのだ。

高級な店に高い金を払うのは、何よりその居心地の対価だ。何もかもが心地よく、ソファの座り心地もいい。窓からの眺めも最高だった。天井から床までガラス張りになっていて、見事な都心の夜景が嫌味なく目に飛びこんでくる。

待つほどもなく、嶋田がやってきた。

接待のときの癖で、その姿を見るなり立ち上がって出迎えそうになる。そんな自分に気づいて、悠樹は苦笑いして座り直した。

今日の嶋田は、スーツ姿でとても素敵だ。一流のビジネスマンみたいに見える。髪は清潔そうに整えられ、その下の顔立ちはいつ見ても見とれてしまうほど端整だ。

目の形も鼻の高さも、唇のふっくらとした造形にいたるまで、悠樹の理想の形をしていた。

悠樹を見つけると、柔らかく笑ってくれるのが好きだ。

「よく来たな。時間を取ってくれて、ありがとう。今日も、味見してもらいたいものがあるんだけど、いいかな」

「もちろんです。そのために来ましたから」

半円形になったソファで、悠樹の横に腰を下ろした嶋田がうなずきかけると、水割りと、皿に綺麗に盛られたスイーツが、ウエイターによってテーブルに並べられた。

ガラスの細長い皿には、トリュフぐらいの大きさのチョコレートが三つ並べられている。どれも、とても美味しそうだ。特に艶々の丸いチョコレートに目が吸い寄せられる。

「ウイスキーに合わせる塩チョコレートを、三種類準備した。定番ではあるんだけど、まずはその定番を究極まで追求してみたくて」

「食べていいですか」

「もちろん。この水割りに合わせてくれ」

言われて、悠樹はグラスに視線を向けた。

さすがは高級ホテルだけあって、水割りもただの水割りではない。高級ヴェネチアングラスを口元に近づけただけで、いい香りが漂った。おそらくは、入手困難なジャパニーズウイスキーだ。

一口飲んで、まろやかな味と香りを十分に楽しんでから、その余韻が消えないうちに、チョコレートを一つ口に含む。

仕事が終わって、そのままきたから空腹だ。お酒を飲むのなら、その前に何か食べておこうかとも考えたが、やめにした。味見係なのだから、味覚を可能なかぎり研ぎ澄ませておいたほうがいいはずだ。

――あ。……すごい。美味しい。

食べ進めると、ナッツの歯触りがあった。ビターなチョコレートと塩、それにナッツの歯ごたえと甘さが絶妙だ。

少しだけ、塩気が舌に残った。その状態でウイスキーを口に含むと、少し辛いはずの酒がほんのりと甘く感じられる。チョコレートとウイスキーのどちらも引き立てる絶妙なバランスだ。そういえば、嶋田はこのバランスが本当に上手だったのだと思い出す。

――すごい。……めちゃくちゃ美味しい。

食べた後に美味しさとともに、アルコールの心地よい酔いが広がっていく。客は気持ちよくなりたくて、ラウンジに来るのだ。これは、最高の酔いかたではないだろうか。美味しいスイーツと一緒に、少しずつ酔いが回っていくのは。

アフタヌーンティのスイーツもとても美味しかったが、あれはおそらく嶋田プロデュースで、実際にはそのレシピを元にして、他のシェフが作っているのだろう。嶋田が自ら作ったスイーツの、この絶妙さときたらない。グラムにも満たない塩のほんの僅かな違いや、ナッツのほんの数秒の炒り時間の違いなどで、このバランスは保てなくなりそうだ。

――先輩って、……本当に天才だな。

そんなふうに、しみじみと思った。自分が嶋田に向ける眼差しが、さらに憧れを増しているのがわかる。

「美味しいです」

まずは、そう伝えた。言葉とともにあふれた感動のため息によって、これがどれだけ美味しかったか、伝わっただろうか。

「初めて来たバーで、このチョコレートが出されたら、それ目当てで通ってしまうほど、衝撃的な美味しさです」

口走ると、嶋田はこの上もなく嬉しそうに微笑んだ。

「そうか、よかった」

こんなときの嶋田の反応が好きだ。男前すぎる端整さが和らいで、親しみやすい感じになる。だからこそ、悠樹はチョコレートの感想を可能なかぎり伝えてみた。

「チョコレートの塩気が絶妙です。それから、ナッツの香ばしさも。それにウイスキーが加わったときには」

嶋田はその言葉一つ一つにうなずき、メモを取っていた。一通り聞き終えると、少しワクワクした表情でうながした。

「では、次のを食べてみてくれ。これは、ナッツじゃなくって、ドライフルーツ」

「どんなドライフルーツですか？」

「食べてのお楽しみ」

言われて、悠樹は二つ目を同じようにウイスキーの水割りに合わせて、口に運んだ。

ミルクチョコレートの中に、少し酸味(さんみ)がかかった味がのぞく。そのドライフルーツが少し粘(ねば)りつく感触さえも、美味しさを引き立たせる。その余韻に浸(ひた)りながら、ウイスキーを口に含(ふく)んだ。

先ほどとは違った香りが、鼻に抜けていく。

「これは、……マンゴーですね。美味しい。ナッツのとは、全然違う。お行儀(ぎょうぎ)悪いですが、ナッツのと交互に食べてみたいような」

「そこで、三つめだ」

「三つ目はどんなチョコですか？」

「食べてみてくれ」

嶋田が自信満々といったように、指と指を組み合わせて微笑んだ。三つ目はよっぽどの自信作らしい。

三つ目を口に含む。それはラム酒が入ったチョコレートボンボンだった。ラムにウイスキーを合わせるというのが面白いし、しかもお互いの酒の良さがますます際立(きわだ)って感じられる。

「これは……！　めちゃくちゃ、合いますね」

少しずつほろ酔いになっていく。

最高の時間を共有できている感じがあった。

試食用の三つのチョコレートを食べた後は、そのまま二人で飲むこととなった。

空腹だと悠樹が言うと、嶋田は黒トリュフのパスタがおすすめだと言って、オーダーしてくれた。それを食べ、おつまみをつまみながら、悠樹はさらに杯を重ねていく。

嶋田もこれからは勤務時間外だと宣言をして、一緒に飲んだ。

嶋田に近況を聞かれながら、悠樹も負けじと嶋田の近況を聞き出す。会えなかった十年の間に、彼がどんなふうに暮らしてきたのか、その空白を埋めたい気持ちが強い。

嶋田は世界のパティシエコンテストを勝ち抜いたときのことを、面白おかしく話してくれた。

悠樹も幼いころから家族と一緒に海外の各地に行っていたが、嶋田の話はそのどれとも違っていて、興味深い。

特に悠樹がパリのコンテストに興味を示すと、嶋田は言った。

「三回優勝すると、殿堂入りになって参加できなくなる。そうなったら、毎年、招待されることになる。あと一回優勝すれば、殿堂入りになるから、そうなったら一緒に行く？」

——先輩と、旅行……？

そんな素敵すぎる提案に、胸が躍った。だが、海外の公的な場での招待は、カップルでの参加が基本だ。男二人で出席したら、嶋田がゲイだという噂が立ちかねない。

「ダメですよ。誰か素敵な女の人と——」

　言いかけて、嶋田は婚約破棄になったばかりだと思い出した。まだ新しく恋人を探すつもりにはなれないのかもしれない。

「え、と。俺はさすがに殿堂席には座りたくないので、行くとしても、気楽な一般客としてがいいです」

「そうか？　コンテストに出されたスイーツを、いくらでも試食できるぜ？」

　さすがにその提案には、ごくりと喉が鳴った。だけど、悠樹の口に一番合うのは、嶋田のスイーツだ。どんなに美しく、技巧を凝らしてあったとしても、味まで嶋田のスイーツに勝るものがあるとは思えない。

「いいです。俺には、先輩のスイーツがありますから」

「嬉しいねえ」

　嶋田はご満悦だ。だから、もっと彼を喜ばせたくなった。

「俺が初めて先輩が作ったケーキを食べたのが、高校生のときの誕生日だったんですよね」

　誕生日に手作りのケーキなんてもらったことがなかったから、驚いた。小さな箱の中に、小ぶりなケーキが五つ、美しく固定されて詰めてあった。ちょうど自主練の日で、練習後にもらったものをその場で三つ食べたのだが、びっくりするほど美味しかった。

「あれ、……なんて名前でしたっけ？」

　形は思い出せるのだが、名前だけはなかなか思い出せなくて尋ねてみる。

　もう覚えていないかもしれない。悠樹にとっては大切な思い出だが、嶋田は当時から大勢に手作りのスイーツをプレゼントしていたかもしれない。

　だが、卓越した記憶力を持つ嶋田は、さらりと答えてくれた。

「カヌレ？」

「あっ、そうです！　外側がカリカリしてて、内側が柔らかくて、俺、初めてあのときに、カヌレを認識したんですよね。それ以前にも食べてたかもしれないけど、そんなに美味しいものだとは思ってなくて。だけど、先輩のはものすごく美味しかったから、高校を卒業してからも、たまに思い出しては、カヌレが有名な店を探して買ってみるんですが、先輩の味を越えるほどのものには出会えなくて」

　失望に失望を重ねる日々だった。

　外側のカリカリとした感触と、内側のもっちり感は、嶋田が作ったものが極上だった。控えめな甘さとも相まって、しばらくはその美味しさに固まってしまいそうなほどだったのだ。素朴に見えるが、難しいお菓子なのかもしれない。

「今度、作ってきてやるよ。俺、おまえに渡したあのときに、初めてカヌレを作ったんだよな」

　微笑み混じりに言った嶋田の言葉に、悠樹は驚いた。

　彼が人生で初めて作ったカヌレが、いまだに悠樹にとって人生ナンバーワンのスイーツなのだ。

「本当ですか！　是非……！」

　また味わえるのは、とても嬉しい。ずっと探してきた味なのだ。

「考えてみたら、先輩が作ってくれたクッキーも、めちゃくちゃ美味しかったんですよね」

悠樹はしみじみと思い出す。

嶋田にもらうまで、クッキーはパサパサしていて、口の中が渇くだけの苦手な類のスイーツだった。だが嶋田にもらったものはしっとりしていて、バターの香りとともに口の中で溶けていった。

「先輩のクッキーも、また食べたいなぁ」

これもカヌレのように作ってもらえないだろうか、と期待いっぱいの目を向けると、嶋田は快活に笑った。

「おまえ、俺にいろいろ作らせようとしてる?」

その言葉に、悠樹は肩をすくめて笑った。

「先輩は世界一のパティシエですからね。そんな人に作らせようだなんて、恐れ多いです。だけど、先輩に高校生のときに餌付けされたおかげで、そんじょそこらのスイーツでは、満足できなくなった責任を取っていただけないかと」

「うーん……」

「あのころは、本当に幸せだったなぁって、思い返してます」

悠樹は笑いながら、ふと気づいて聞いてみた。

「あちこちのコンテストを総なめにしてきた先輩でも、うまく作れないスイーツってあるんですか?」

ちょっとした雑談のつもりだった。

だが、嶋田は表情をあらためて、テーブルの上で軽く指を組み直す。何か祈るようにも見える姿で、嶋田は言った。

「……ある」

「え？」

その手によって、どれだけ繊細な飴細工が作り出されるのか、どれだけ厳密な温度管理をしながらチョコレートが練られるのか、先日のテレビ番組で見ている。超絶技巧を持つ嶋田でも、作れないスイーツがあるというのは意外すぎた。

「どんなのですか？」

「ミルク味」

「ミルク味？」

嶋田の視線が悠樹をまっすぐにとらえた。

「ああ。ミルクだ。洋菓子において、ミルクは何より大切だ。生クリームにもなるし、バターにもなる。ミルクをそのまま使うこともあるし、練乳にすることだって」

「ですね。言われてみると、ミルクは欠かせない材料ですかね」

悠樹もうなずいたが、まだピンとこない。そんな悠樹に、嶋田が訴えかけるように言葉を重ねた。

「ずっと追い求めているミルクの味がある。どんなに生クリームを極めようが、良質のバターを原材料から吟味しようが、まだたどり着いていない味」

「そこまでこだわりがあるんですね」

よくわからないまま、相づちを打つ。

すると、嶋田は切々と語った。

「ミルク味は、魂に訴えかける。人はまず生まれたときに、ミルクを飲む。だからこそ、ミルクの味は万人(ばんにん)に訴えるものがあるのかもしれない」

「だったら、そのミルク味というのは、母乳の味なんですね？」

いまだにどんな味だかピンとこないまま、悠樹は水割りを飲み干(ほ)した。あまりお酒には強くないから、そろそろ限界だ。今日はあまりに美味しいスイーツがあったし、黒トリュフパスタも美味しかったので、お酒がとても進んだ。

悠樹のグラスが空(あ)いたのを見て、嶋田がウエイターを呼んだ。

「彼におかわりを。――何がいい？」

「これ以上は飲み過ぎになるので、お水を」

すぐに水が運ばれてくる。水すら美味しく感じられる口あたりのグラスだ。それを何口か飲んでから、悠樹はふわふわとした気分で言った。

「先輩の、追い求めているそのミルク味というのを、いつか食べてみたいですね。きっと、本当に美味しいんだろうなぁ」

魂に訴えかけるほどのミルク味というものが、いまだによくわからない。それでも、それはとんでもなく美味しい気がした。

嶋田はそんな悠樹を見据えて、うなずいた。

「ああ。……すごくうまいよ。一度だけ、それを味わったことがある。だけど、それを再現できない。もう一度、天上の美味であるアレを味わいたい」

「アレ？」

聞き返したのは、覚えている。

だけど、それに嶋田がなんと答えたのかは、酔っていてあまり覚えていなかった。

いい酒とおつまみは、翌日にさほど残らない。悪酔いもなくて、ただふわふわとして幸せな記憶だけが残る。

悠樹は翌日もいつも通りに仕事に行ったが、世界が不思議と輝いて感じられた。次に嶋田と会える日を、心待ちにしてしまう。業務の合間に、嶋田に昨日の礼を伝えたり、次回の日程をSNSで打ち合わせていたのだが、その返事が気になって、何度も携帯を見すぎていたらしい。同僚にからかうように言われた。

「恋人でもできたのか？」

それほどまでに、今日の自分はそわそわしていただろうか。だが傍目にも浮かれて見えるようだ。そのことは、素直に反省した。

——浮かれてないで、ちゃんと仕事しないと。けど、……恋人かぁ。

嶋田は悠樹の何なんだろうか。

ただの先輩後輩の関係。それだけに決まっている。それ以上でも、それ以下でもない。だが、嶋田に会えば会うほど、彼に惹きつけられていく。それに加えて、週に二回の嶋田医師のクリニックでの治療も加わるのだ。

——嶋田先輩要素を、摂取しすぎている……。

それだけに、幸せな日々だった。

高校生のときは、純粋に憧れの気持ちだけだったはずだ。だが、もしかして一目ぼれに近かったのだろうか。再会したことで、ますます憧れの気持ちが強くなり、その気持ちが恋だと自覚してしまった。だが、そのことは絶対に隠し通さなければならない。

——だって、……知られたらおしまいだ。

国内外のコンテストを総舐めにしてきた天才パティシエだから、世界的にも大人気で、大勢の美女に囲まれている。そんな嶋田に告白なんてできるはずがない。

——先輩のことが好きだって伝えて嫌われるよりも、お気に入りの後輩としての地位を確保しておきたい。

そんなふうに思ってしまう。そのためには、だんだんと強くなっていくこの気持ちが暴走しないように制御し、完璧に封印し通すしかない。

だけど、それが高校時代に可能だったのは、嶋田との関係を完全に断ち切ったからだ。この十年間、連絡も取らずにきた。それでも、嶋田のことが忘れられずにいたぐらいなのだから、こうして顔を合わせ、美味しいスイーツとともに一緒にお酒を飲んだりする機会が増えれば、どうなってしまうのか、自分でも不安でならない。

――先輩のことが好き。

その嶋田に良く似た嶋田医師に、悠樹は肉体の感覚までかき乱されているのだ。

「っあ！　あ、ああ……っ！」

ひんやりとした、円柱状の硬いものが、容赦なく悠樹の体内を割り開いていく。

「これ、……何……ですか……っ」

視界は塞がれていた。何故なら悠樹のほうから、今日はそうして欲しいと頼んだからだ。

嶋田医師は、嶋田に似すぎている。乳首を刺激されながら視線を向けると、嶋田によく似た面差しが目に飛びこんでくるから、大変困る。どうしても嶋田のことを思い出して、身体が熱くなる。

だから、視覚を遮断したかった。嶋田のことを考えないようにしたい。その思いで頼んだとき、嶋田医師は困ったように首を傾けた。

『どうしてだか、理由を教えてもらってもいいですか』

彼はいつでも落ち着いた物言いをする。声の響きが、嶋田とは少しだけ違うのだ。マスクをしているためかもしれないし、嶋田医師の言葉使いのほうが、フランクな嶋田のものより丁寧なせいかもしれない。

だが、正直にその理由など話せるはずがなかった。

『気が散らないようにしたいんです』

『そうですか』

もっと追及されたら、と焦ったのだが、嶋田医師はあっさりうなずいた。それから、少しクリニック内を探して、目隠しに最適な伸縮性の包帯を準備してくれた。柔らかい素材で、簡単に外すこともできる。だから、今日は何も見えない。

自分の体内に入りこんできたものがどんなものなのか、悠樹は必死で探ろうとしていた。だが、違和感がすごすぎて、よくわからない。

それでも、ラテックス製らしき感触と、指よりもずっと太さがあることだけはわかった。縄跳びの持ち手ぐらいだろうか。もっと細いのかもしれないが、悠樹にとってはそれくらい大きく感じられる。

先ほどまで体内に入れられていた指とは違う。いくら締めつけてもびくともしない異物の存在感に、ぞくぞくと身体が痺れた。

異物は綺麗な円柱ではないようだ。それこそ縄跳びの持ち手のように、なめらかなカーブを描いている。それを奥までゆっくりと突き立てながら、嶋田医師が答えた。

「医療器具です。そろそろ指だけでは刺激が足りないようですから、あなたが乳首ではなく、指があるところに集中できるように、あらかじめ準備しておきました。これを動かしながらなら、乳首にばかり集中できませんから」

「それは、……そう……ですけど」

声を発しただけでも腹筋に力がこもるのか、体内にある異物にまでビリビリと振動が響いた。

さらにぐりっと、奥のほうまで押しこまれる。

「っ、はう、……ぅあっ！」

だけど、困ったのはこんな異物をくわえこまされても、痛みがないことだ。違和感はすごかったが、いずれ快感に変化しそうな予感がある。早くこの感覚を悦楽へと変化させようと、襞がひくひくと淫らにからみついていく。

この感覚の先には快感しかないことを、身体で思い知らされていた。

「これ……」

入れっぱなしにするのだろうか。そんなのは無理だ。全く異物が動かないから、それにからみつく襞の動きが認識できて、いたたまれない。

遠く嶋田医師の声が聞こえた。

「痛くはありませんよね。問題なく、くわえこめるようですので、これで微細な振動を与えます」

「え？」

これは動くのだろうか。

そのことに狼狽(ろうばい)している間にも、嶋田医師の手によってスイッチが入れられた。

腰の深い位置から、じわりと振動が広がる。それがだんだん強められていく。

「あ、……っあ、あ、あ……」

振動はそれでもまだ弱いようだ。だが、絶(た)え間なく襞(ひだ)を震(ふる)わされていると、じんじんとした疼(うず)きがそこから全身に広がっていく。

嶋田医師の指が、乳首に戻ってきた。

「こうして体内に刺激を加えていれば、乳首ではあまり感じなくなるはずですが」

そんな言葉とともに、クリームをからめた指が両方の乳首に戻ってきた。そこで硬(かた)く凝(しこ)ったままの乳首をつまみ上げられ、円を描くように転がされる。だが、中に何かを入れられている状態で、乳首をいじられるのは余計にマズいのだと、悠樹はすでに自分の身体で思い知らされている。

嶋田医師はいろいろ工夫を凝(こ)らしてくれている。なのに、その期待に応えられない自分の身体の淫らさを知られたくない。とっさに口走っていた。

「は、……はい、……だいぶ……、乳首では感じなく……っなって」

「そうですよね」

嶋田医師の声に、嬉(うれ)しそうな響きが混じる。それを聞いて、失敗した、と焦(あせ)った。

好感を抱いている相手をガッカリさせたくはない。だから、必死になって乳首で感じていないふりをしようとする。

だが、体内にある異物からの微細な振動を受けながら、乳首をぬるぬるとクリームで刺激されていると、やはり感じる。腰や太腿が動きそうになるのを、押さえつけるだけで精一杯だ。

乳首を胸板に押しつけるようにぐりぐりと押しつぶされる。そこにばかり意識が向かないように、悠樹はあえて話しかけた。

「前は、……シャツに擦れるだけでも、……感じることが、……あったんですが」

「最近では、そうはならない？」

痛いぐらい張り詰めた乳首を、嶋田医師の指先が器用につまみあげた。軽く爪を立てるような、硬質の刺激が混じる。それだけで悲鳴を上げそうになるほど、甘い刺激が乳首から広がった。

「っひ、……っあ……」

乳首をいじられるたびに、襞が体内の異物にからみついていくのを感じながら、悠樹は何でもないように笑ってみせた。

「ええ、……シャツ、ぐらいでは……っぁ！」

「少しは、治療の成果があったってことですね。それは、大変に喜ばしい」

そんなふうに言いながら、嶋田医師がその成果を確認するように乳首を何か硬いひんやりとしたもので少し強めにつまみあげ、引っ張った。

「っうあ！」

これは、指の刺激ではない。冷たい金属だから、初回に使われた鉗子だろう。

そこにこめられている力が、泣きたくなるぐらい強めだ。鈍くなった、と言ったからそうしているのだろうが、引っ張られるたびに肌が粟立つような快感が腰の奥まで広がっていく。ぎゅうぎゅうと、体内の異物を締めつける。その襞を細かく振動させられて、おかしくなりそうだ。

あと少しで苦痛に変わりそうな強さで、鉗子で乳首がつまみあげられては、引っ張られる。それでも乳首から広がるのは、苦痛ではなくてギリギリの快感だ。

「これくらいでは、痛くないですね？」

不意に聞かれた。自分の反応のどこかが、不自然だっただろうか。必死になって快感をやり過ごしてから、悠樹は声を押し出した。

「だい……じょうぶ、……です」

何でもないように言ったつもりだが、声は上擦って震えていた。

「そう。よかった」

嶋田医師が優しく言って、鉗子を置いた音がした。それから、両方の乳首を指で無造作につまみあげる。ぎゅうぅ、ときつめに引っ張られた。

「っぁあ、あ……っ」

感じすぎて、泣きそうだ。胸元を反り返らせて刺激を軽減したいのを我慢し、代わりに異物を締めつける。そのせいか、中にあったものが、ぬるっと押し出された。

「おっと。出てしまいましたね」

それをめざとく見つけられて、元の位置まで入れ直される。その摩擦感に、ひどく感じた。太腿が、ひくひくと震えてしまう。

入れ直されたことで、意図的なのか、体内の感じるところに医療器具がまともに当たっていた。

「うっ……、……あ、あ……」

中からの刺激が強すぎたので、どうにか押し出そうと力をこめる。

だが、入れ直されたときの深さがちょうど良く計算されていたらしく、今度はどんなに締めつけても押し出せない。

締めつけるたびに、細かな振動が襞を甘く溶かしていく。

人工的な快感は、時間とともにますます増していくようだ。

「あっ、……ぁ、あ……っん……」

——こんな、……ものでで、感じるなんて……。

恥ずかしくてならない。だけど、男性が後孔で感じるのはよくあることだそうだ。だからこそ、嶋田医師もそこを刺激して、乳首に快感が集中しないようにしているのだ。

目隠しをしてもらったから、何も見えない。閉じたまぶたの裏に浮かぶのは、嶋田の姿だった。

嶋田医師の存在が、頭の中で嶋田にすり替わりそうになる。

——ダメだ、……先輩のこと、……考えたら。

必死になって乳首から感覚を切り離そうとしているのに、どうしても脳裏に嶋田の姿が浮かび上がる。

体内にあるのは単なる医療器具だとわかっているのに、嶋田に淫らなことをされているような錯覚に陥った。

「……ん、ん、……ん……」

乳首を転がし続ける嶋田医師の指も、嶋田のもののように感じてしまう。こんなふうになるのは、自慰のときに彼のことを思い浮かべてきた後遺症だろうか。

一度それを妄想してしまうと、どうしても消せない。

体内にある異物は容赦なく前立腺を揺さぶっていた。だが、振動だけでは絶頂への決め手にはならないようだ。

悠樹の身体は、すでに前立腺を指でなぞられたときの快感を知っていた。気が遠くなるような快感と、全身の毛穴から汗が噴き出すような痺れが足の先まで広がっていったことを思い出した。

あれで達したときの快感を知っている。

すでに絶頂近くまで押し上げられていて、あと少しの刺激が欲しくなる。

——指で、……えぐって、そこ……！

そんなことを、渇望するように考え始めていた。

気づけば、嶋田医師の指の動きは、乳首の尖りを避けるようなものに変わっていた。張り詰めて疼く乳首の粒は避けられ、色づいた部分ばかりぬるぬるとなぞられる。そんなふうにされると、余計に感覚がその中心に集まり、焦れったさにどうにかなりそうだ。

乳輪ばかり刺激されているせいで快感は断ち切れないから、乳首の疼きは掻き立てられるばかりだ。

すでに性器は硬く勃ちあがり、その先端から蜜が腹にしたたっていた。性器の濡れた先端も、うずうずして切ない。少し痛いぐらいに刺激してもらいたい。

だが、これは医療行為だ。必死で我慢してやり過ごしたい。それでも限界を超えた身体は、ひたすら射精ばかりを待ち望む。

ひく、と喉が鳴った。欲しいのは、前立腺への決定的な刺激だ。いつものように、嶋田医師の指でそこをえぐってもらえたら、思うさま射精できるのに。

その渇望をどんな言葉にしたら、願いをかなえてもらえるのかわからない。嶋田によく似た嶋田医師に、軽蔑（けいべつ）されるようなことだけはしたくない。

「つぁ、……はぁ、……は……っ」

極端に思考力が低下していて、肝心（かんじん）な言葉が浮かばない。

「せんぱい、……ぁ、……せんぱ……っ」

気づけば、いけない呼び名を口走っていた。嶋田医師だとわかっているはずなのに、修正の言葉さえ口に出せないほど、混乱していた。

「ちくび……っん、……っ、ぎゅっと……して……っ」

ずっと乳首には触れられていない。

そこを強く触って欲しくてせがむと、何かが触れた。

指ではない。生暖（なまあたた）かく、ぬるぬるとしたものだ。それで乳首を転がされて、じぃんとした快感が下肢に走り抜ける。

「つんぁ、……はぁ、ぁ…っ」

——舌？

まずはそう思った。目を塞がれているから、触覚しか頼るものはない。乳首を分厚い舌先で転がされ、吸われている。そんな感覚が、全身を走り抜けていくが、果たしてそれは現実なのだろうか。

──だけど、そんなこと、先生がするはずがない……。

何をされているのか知りたくて、ますます感覚が張り詰める。身体に力が入り、体内にあるものを無意識に食いしめた。

──だけどこれ、……先輩の、……舌使い……。

そんな錯覚にとらわれそうになる。

嶋田に乳首を舐められたのは、十年も前だ。しかも、たった一度だけでしかない。だが、そのときの感覚が鮮明に蘇り、自分が高校生に戻って、あの部室で愛撫されているような気分になる。

乳首を何度も舌で転がされ、ちゅっと吸われる。吸われるときの刺激がすごく悦くて、それだけで射精しそうになった。だけど、ギリギリで耐える。これが何なのか、確かめてみなければならない。

「……ん、あっ！」

また吸われて、快感を懸命にやり過ごした。

「せんぱ……、これ、……なに……っ」

舌が回らないまま尋ねると、嶋田医師の声が聞こえた。

「乳首の感覚を鈍感にさせるクリームを、特殊な医療機器で肌に塗りこんでいるところです。器具は人肌に温めてあるから、冷たくはないでしょう？」

——これは、……舌じゃなくて、特殊な医療器具……？

まさか、そんなはずはない。

舌と唇としか思えない。だが、嶋田医師が嘘を言う必要もない。だから、これは医療器具なのだと認識をあらためようとしたが、乳首を弾力のある舌先で転がされているとしか思えない甘い刺激が、次々と身体を襲う。

舌先で押しつぶされたまま、くりくりと円を描くように転がされると、乳暈が熱く灼けていく。

「ふぁあ、……んっ、……ン」

さらにちろちろと乳首を舐められ、反対側を指でなぶられた。気持ちよすぎて脳が灼かれたようになり、医療器具を入れたままの腰が何度もバウンドした。

唇と舌によるものとしか思えない刺激は、悠樹を現実から切り離していく。弾力ある舌先でもてあそばれ、さらにちゅっと吸われると、目の前で何かがバチバチと弾けた。舌や唇での甘ったるい刺激に、歯を立てられる硬質の刺激が混じるのだからたまらない。

感じすぎて、射精に至らないのが不思議なぐらいだった。

「乳首で感じすぎているみたいですから、バランスを取って、下の刺激も変化させましょうか」

そんなふうに嶋田医師が言った直後に、体内の医療器具の動きが変化した。今まではただ振動するばかりだったのに、いきなりぐりっと強烈に襞をえぐられ、悠樹の身体が反り返った。

「う、っあっ！」

先端を襞にこすりつけるように、体内の医療器具がうごめいた。先端部が回転するから、根元を嶋田医師がつかんでいなければならないようだ。足の間に、嶋田医師の腕があるのを感じる。

ぐりっと襞をえぐられるたびに、強烈な刺激が体内を突き抜けた。

「っ、うぁ！」

円を描くように器具が頭を振るたびに、少しずつ位置がずれていく。一定の間隔(かんかく)で与えられる刺激が、前立腺のあるところまで到達するのはあと少しだ。

それが怖くて、腰を逃がそうとする。だけど、うまくいかない。

次の瞬間、その感じるところを、ぐい、と無造作にえぐりあげられた。感じるところを直撃する快感に、ひとたまりもなく絶頂まで押し上げられた。

「っううう、……ぁ、あっ、あっ！」

腰が何度も跳ね上がり、そのたびに射精する。

その最中に、悠樹は乳首に何か熱い濡れたものが触れてくるのを感じた。それに強く吸いつかれ、吸いあげられる。気が遠くなるほどに、気持ちよかった。

「――っふ、……あ、……んぁ、あ、あ……」

ガクガクとした痙攣(けいれん)が止まらない。それでも、乳首を強烈に吸われ続ける。実際には吸われてはいないはずだが、そうされているとしか思えない。

吸われる感触は独特で、そのたびに身体が跳ね上がり、絶頂感が治まらなくなった。

「あっ、……んぁ、……やっ……っ！」

そんなふうに執拗に吸われると、かつて乳首からミルクがあふれたことを思い出した。

だけど、今、体感しているのは、そうではない。もっと張り詰めた感覚がないと、ミルクは出ないはずだ。

なのに、舌はミルクを吸おうとするように執拗にその小さな粒にからみつき、何かを吸い出そうとしているかのように嚙みつき、何度も引っ張られる。

その淫らな快感に、さらなる絶頂感が止まらなくなった。

〔五〕

まだ、吸われていたほうの乳首が、ジンジンと痺れている。

全身の拘束帯を外され、目隠しも外された後で、悠樹は熱いおしぼりを嶋田医師から渡された。

強烈な快感の余韻で、頭がぼうっとしている。

「では、支度が終わりましたら、隣の部屋に」

嶋田医師はそう言い残して、姿を消した。

しばらくは動きたくなかったが、クリニックの次の予約も入っているだろう。そう思って、悠樹はのろのろとおしぼりで身体を拭き、敏感になったままの乳首の周りも、そっと拭った。

歯形でも残っていそうで眺めてみたのだが、赤くなっているだけでそれはない。

器具は片付けられていた。だから、乳首をどんな医療器具で刺激したのかもわからない。

さすがに気になりすぎたので、隣室であらためて嶋田医師と顔を合わせたときに、尋ねてみることにした。

「あの……っ」

「気になることがあるのですが」

だが、嶋田医師が言葉を発したのと同時だった。ハッとして悠樹は言葉を切り、嶋田医師を見る。ここはテーブルと椅子があるだけの機能的な部屋だ。会計や次回予約をするために使う。

だけど、殺風景ではなく、テーブルにはいつも花が生けられていた。

「え？　先生、先にどうぞ」

「いえ、野崎さんのほうこそ」

「俺は後でいいです」

「でしたら。――以前、あなたは、乳首からミルクが出る、とおっしゃってました。ですが、今のところ、その気配はないようですね」

尋ねられて、悠樹はうなずいた。先ほど強烈に乳首を吸い上げられた体感が蘇る。

「以前は頻繁(ひんぱん)に出ていたんですが、だんだんと出なくなったんです。かつてそれで病院にかかったときには、ホルモンバランスの乱れと言われたので、成長するにつれて、整ってきたのかと」

「なるほど。ホルモンバランスの乱れ、ですか。最後に出たのは、いつですか？」

その質問に、悠樹は記憶をたどってみる。

「ええと、……半年前ぐらい、……ですかね」

ミルクが出ることは最近ではかなり減っていたから、そのいちいちをなんとなく覚えている。

「どんなときです？」

その質問に、じわりと恥ずかしくなりながらも、悠樹は正直に答える。

「すごく……気持ちよかったとき、です」

「以前にも、それはお答えいただきましたね。たとえば、……今日も、相当、気持ちよかったと思われるのですが、それよりも気持ちよかったとき、ということでしょうか」

悠樹は少し考えこんだ。

自慰のときよりも、嶋田医師にされたときのほうが、刺激も興奮も快感も大きかったはずだ。

なのに、どうして今日、ミルクが出なかったのかわからない。

半年前にミルクが出たときと今日とを、対比しようとしてみる。

――ええと……？

仕事が忙しくて、しばらく抜いていなかったときだ。

それもあって、自慰がすごく気持ちよくなったのではないだろうか。

――嶋田先輩のことを、思いながら。

今日も嶋田のことを何度も思い出したが、クリニックという場でもあり、他人もいたから、嶋田のことばかり考えて没頭できたわけではない。違いといえばそれくらいだったが、さすがにそんなことを嶋田医師の前で口に出すのははばかられた。それに、そんな心理的な状況はミルクが出る出ないに関係しないはずだ。

「体調の――……せいですかね？」

「そうですか。特に、心あたりはない。と」

嶋田医師は、どこかガッカリしたように見えた。ほとんど感情は表情に出ていないのだが、僅かな声色の違いで、悠樹はそんなふうに感じ取る。

――え？　……もしかして、嶋田医師は、ミルクが出たほうがいいと思っている……？

だが、ミルクが出るのは成人男性にとって不要で厄介な症状であり、出ないに越したことはないはずだ。なのに、嶋田医師はミルクが出るのを見たいのだろうか。

——医学的に、研究してみたいとか？

病院で診察を受けたときには、ホルモンのバランスの乱れ、としか説明されていない。医療的にさして、重要な症例だとも思えない。

不思議に思っていると、嶋田医師が言った。

「私のほうの質問は以上です。次は、野崎さんのほうから」

「え？」

「さきほど、何かを言いかけていたでしょう？」

言われて、思い出した。

乳首に触れた舌の感触を蘇らせながら、思いきって尋ねてみる。

「先ほど乳首を、……刺激したという医療器具を、見てみたくて」

舐められたり、吸われたり、噛まれたりした感触があった。それが治療器具によるものだという確証が欲しい。

だが、嶋田医師はしれっと答えた。

「ああ。器具と言いましたが、あれは指です」

「指ですか？　なんか、ぬめっとして、不思議な感触でしたけど」

「ラテックスの表面に油性のクリームを塗って、それが人肌に暖まると、粘るような奇妙な感触を残すことがあるみたいですね」

——ラテックスの手袋のせい……？

もっと違う感覚だったような気がしたのだが、嶋田医師がそう言うのなら、納得するより他にない。それでも、やはり引っかかる。

「他にその、……吸われたりとか、噛まれたような感じもしたんですが」

強烈に吸われ、何度も歯を立てられながら引っ張られた感覚は、今も乳首に生々しく残っている。

それはどうなのだろうと知りたかったのだが、嶋田医師はなおも平然と答えた。

「指でつまんだときに、そう感じられただけでしょう。絶頂が近いとき、感覚が変化することもあります。感覚が鈍化するクリームも塗っているので、受け止める体感が少し混乱しているのかもしれません」

——えっ、そういうものなのかな……？

嶋田医師は目の前で、医者然とした完璧な笑顔を浮かべている。顔の大半はマスクで隠れているので、見えるのは目元だけだが、嘘を言っている様子はない。

ということなら、あの感覚は嶋田医師が説明した通りなのかもしれない。どこか納得できないものがありつつも、悠樹はうなずいた。

人は多くを視覚に依存している、皮膚の感覚は鈍くて、錯覚しやすいと聞いたことがあった。

——だけど、気になるな。

次は目隠しなしでしてもらおうと、悠樹は次回の予約を入れながら考えた。

「美味しいです。このチョコレートムースのビターで濃厚な味が、お酒とすごく合って――」

悠樹の口からあふれる賛辞を、嶋田はその唇の動きを凝視しながら聞く。

月に二回、この味覚に優れた後輩に、新作の味見をしてもらうのが何よりの人生の喜びとなっていた。

二人きりの個室で、今日もお酒とスイーツのマリアージュを試食してもらっているのだ。

悠樹の味覚は驚くほど鋭敏で、その意見はとても参考になった。何より、スイーツを食べているときの表情が、たまらなく幸せそうで良い。それを見ているだけで、腹の底からやる気がみなぎってくる。こんな力を与えてくれるのは、悠樹だけだ。

――可愛い。愛しい。……幸せ。

もしかしたら愛しい相手に食べ物を渡し、それが食べられる様子を見守るのは、生物としての幸せの根源なのかもしれない。そんなふうにさえ、思える。食べ物は命の元だ。

「あとこれ、……中からとろりとあふれてくるミルクが、……とても美味しいですね。先輩、ミルクの味を追求してるって言ってたのは、これですか？　すごく美味しいです」

だが、さすがにその褒め言葉には素直にうなずくことはできなかった。ミルクの味については、特別のこだわりがあるのだ。

「そうかな？　まだまだ未完成だ。理想の味には、まだたどり着かない」

魂に刻みこんだ悠樹のミルクの味を、嶋田は追い求めている。美味しいだけでは足りない。もっと衝撃と感動が必要なのだ。

――だけど、何が足りないのかがわからない。

その答えは、悠樹のミルクを再び口にすることでしか得られない気がする。だが、それを嶋田は口にできない。あの愛らしい桜色（さくらいろ）の粒を、いくらしゃぶってみたところで、ミルクは出なかった。

悠樹は少し考えてから、ためらいがちにうなずいた。

「ですね。かなり美味しくはあるんですが、先輩だったらもっと美味しくできるかも。毎回、先輩のスイーツは、口にしたとき、びっくりするほど美味しいんです。もしくは、食べているうちにしみじみと美味しくなっていくか、その二つのどちらかです。これは、とても美味しくはあるんですけど、……確かに先輩のスイーツにしては、衝撃が足りないかもしれません」

悠樹にそんな評価をされたことに、驚いた。ミルク味を極めきれないと思うのは、自分だけの妄想かもしれない、とも思っていた。部下のパティシエたちは、このミルク味でも十分に美味しいと言ってくれた。だから、やはり何かが足りていないのだとあらためて思うのと同時に、その意識を共有できたのが嬉しい。

嶋田はテーブルの上に置かれていた水を飲んだ。

「ずっと、……理想のミルク味を追い求めてきた。たとえば、最高級に美味しい生クリーム。生乳からこだわって、自ら作ることまでした。もしくは、練乳。牛乳からは、いろいろなものができる。生クリーム、バター、チーズ。ヨーグルトにアイスクリーム。スイーツにとって、ミルクは全ての基本となるほどに大切な材料だ。ミルクをつかさどるものが、スイーツを支配すると言ってもいい」

日々、ミルクの生産や管理技術が進歩し、いろんな種類の乳牛からより素晴らしい味わいのものが生みだされている。それでも何かが足りない。ずっと嶋田は、ひたすらあの感動の悠樹のミルクの味を求め続けている。

——それは、……幻なのか。

すでに、悠樹のミルクは枯渇している。二度とアレを味わうことはかなわない。そんな絶望感さえあった。

「先輩が追い求めているのは、具体的にはどんなミルクの味なんですか?」

悠樹に尋ねられ、嶋田はじっと彼の顔を見た。

悠樹の酒量は、おそらくグラスで二、三杯ぐらいだ。今はその頬がアルコールで桜色に染まり、目が少し濡れたような輝きを帯びてきている。少し肉の薄い耳朶のあたりに色気があって、そこに顔を埋めたくなる。

現実には、絶対にそんなことはできないが。

だけど嶋田は、正体を隠して彼の乳首を舐めたりもしているのだ。

「俺が追い求めているミルクの味は、……そうだな。舌にふわっと広がる、甘い味。コクがあって、息を吐くたびに独特の香りが広がって、グミのような食感がある」

先日はついに我慢できなくなって、その乳首を直接吸った。健気にツンと尖る、張り詰めた小さな粒が愛しくて、吸いつかずにはいられなかった。もしかしてミルクがあふれてきてはくれないかという期待に駆られて、気づけば強く吸っていた。

——あの……触感。

触感は料理の味と切り離すことができない。

「グミ？」

「ああ、そうだ。消えてしまいそうなぐらいに儚いのに、意外と弾力があって、だけど気づけばとろけてなくなってしまっている」

口にした直後に、不安になった。

悠樹の胸に吸いつき、その愛しい粒を直接吸った。そのときのことを、悠樹は不審に思ってはいないだろうか。

どうにかごまかしてはみたものの、乳首を直接吸ったのはマズかった。あんなのが、医療行為であるはずがない。あのときから、ずっと薄氷の上を歩いているような感覚が消えない。

いつ、悠樹との関係が破綻してしまっても、不思議ではない。だが、悠樹はふわっと柔らかく微笑んでくれた。

「先輩が追い求めているミルク味。俺も食べてみたいです。そこまでこだわりがあるぐらいだから、きっと美味しいんだろうなあ」

その表情を見るかぎりでは、彼は嶋田に対して疑いは抱いていないはずだ。

乳首を吸った嶋田医師のことを、悠樹がどんなふうに思っているのか知りたくなった。やぶ蛇になるかもしれないと思いながら、慎重に切り出してみる。

「そういえば、……紹介した従兄弟のクリニックはどうだ？　通ってるか」

その言葉に、悠樹がびくっと肩を震わせた。かすかに目が見開かれる。

やはり、何か思うところがあるのだろうか。それでも、悠樹は表面上のにこやかさを崩さずに答えてくれる。

「ええ。良いところを紹介してくださいまして、ありがとうございました。先生はとても親切で、すごく先輩に似てますね。いつも、似てるな、って思うんです」

その言葉には、苦笑しかなかった。

どんなに変装してみたところで、嶋田医師は嶋田本人だ。毎回、悠樹と顔を合わせる前に美容院に通い、印象を変えてからクリニックに向かうのだが、ここまでバレないとは思っていなかった。顔の大半をマスクで隠しているからだろうか。

悠樹の言葉には何ら含むような響きはなく、疑われているようには思えない。

だから、嶋田はさりげなく嘘を補強しておく。

「親戚の付き合いでは、よく間違えられるよ」

「でしょうね」

「で？　どうだ、目的は果たせたのか？」

あくまでも傍観者といった雰囲気を保って尋ねる。

乳首が敏感なのが悩みだと言っていた。嶋田にとって愛しい相手の乳首が敏感なのはご褒美でしかないのだが、一般的な男性からしたら、あそこまで敏感すぎるのは不便だろうと推察できる。

途端に、悠樹の表情が曇った。

「いえ。……そういう意味では、いささか問題が」

「ん？」

内緒話のように、悠樹は声を潜めた。

「先生には秘密にしてください。毎回、とても親切にしてくださっているので。正直なところ、鈍くなるどころか、ますます敏感になっている気がするんですよね」

皮膚の感度を鈍くするクリームなど、医療的な知識のない嶋田が使えるはずがない。悠樹の乳首に塗りこんでいるのは、肌のお手入れ用の最高級の美容クリームだ。無香料無着色で、口に入れても安全だと書いてあった。

乳首の味を思い出しながらも、嶋田はそれを隠してうなずいた。

「ああ。黙っているのはいいが、全然効果がないと伝えてやったほうが、あいつの今後の治療方針の参考になるんじゃないか？」

「ですけど、一生懸命やってくれてますし」

「一生懸命でも、効果がなければ意味はない」

「そうですけど」

悠樹は困ったように言う。

彼は育ちがいいから、相手の誠意が伝わると、こちらの要望を押し通せないところがあるようだ。今回もそれかと、嶋田は納得した。

彼を困らせるのは本意ではなかったので、嶋田は口をつぐむことにした。

――にしても、何も疑ってないのか？

それが驚きだった。毎回、理由をつけて乳首にクリームを塗りこむだけではなく、後孔までなぶっているのだ。下手をしたら、訴えられて裁判沙汰になっても不思議ではない。ここまで純粋だと、自分以外の誰かにつけこまれないかと心配になった。

それでも、悠樹は自分に向けられる悪意には敏感だった。そのあたりの勘は鋭く、危険な相手とは付き合わないから、大丈夫だろうと自分を納得させることにした。

「デザートにする？　とっておきのブランデーがあるから、それをちょっとだけ垂らしたアイスクリーム」

このラウンジの裏メニューだと言って、提案してみる。

「お願いします」

悠樹は嬉しそうに笑ってくれた。

このひとときを壊したくない。

週に二度、クリニックで悠樹の乳首に触れ、月に二度、こうしてラウンジで自作のスイーツを味わってもらう時間が、嶋田にとっては最高の癒やしだった。

――この時間を、なくしたくない。

日々、愛しさが募る。

同時に、悠樹をだましているという罪悪感も、耐えられないぐらいに強くなっていくのだ。


――どうしても、気になることがある。

それは、悠樹の胸元に残る、ジンジンとした甘い疼きの正体だ。

あのとき、クリニックで乳首を舐められたような気がした。噛まれた感覚もあったし、乳首が取れてしまいそうなほどきゅうっと吸われた。

嶋田医師にはラテックスの手袋のせいだと説明されたが、それでも時間が経つにつれ、疑問は膨れ上がっていった。

だから、服を脱いだ後で目隠しをされた後に、嶋田医師が準備のために少し席を外した隙を狙って、悠樹はそっと目隠しを緩めておいた。頭を浮かしたら少し緩むように、調整してみた。

その後で、腕や胴体や足を拘束された。

最近では嶋田医師と会うたびに、嶋田先輩と重ねずにはいられない。その似ているところと、似ていないところを探してしまう。

だから、先日、嶋田と会ったときによく観察しておいたのだ。

――顔立ちや、顎の形。それに、耳をしっかり。耳は人によって違うから、人を識別する記号になるって聞いたから。

嶋田の耳の形を、特に目に灼きつけておいた。嶋田の耳は耳朶がかなりふっくらしていて、左の耳朶にピアスのように二つ並んだほくろがある。まさか嶋田医師の耳もそうだとは思わないが、あまりに似ているから、念のため確かめたい。

だが、今のところまだその機会はない。さくさくと施術の椅子に案内され、あれよこれよという間に目隠しされてしまった。

いつものように施術が開始される。

前回は器具を入れたのに、今日はそうはされない。一本の指をスムーズに受け入れるほど中がほぐれると、二本目の指が入ってくる。

「っう！」

もっとも感じる前立腺にはあまり触れられることなく、指を奥まで入れたり、抜き出したりされる。

一つ一つは強くない刺激だったが、繰り返されることによって襞がどんどん疼いて、いっぱいにされている感覚があった。腰の奥がズンと熱くなり、襞がひくつき始める。

ここに来ると、いつでもまぶたの裏には嶋田の顔が浮かぶ。

この生殺しの時間を、絶頂に達することで早く終わらせたい。いつもそうしているように、全身に力を入れてそのときに備える。

全ての神経が、嶋田医師の指でなぶられている襞と乳首に集中していく。

――あ、……もうすぐ、……イキ……そ……っ。

絶頂がすぐそばまで来ているのに、ギリギリのところでそれがかなわない。あと一歩の刺激が足りずにいた。

――あと、……少し……っ。

ぐっと中に力がこもる。身体が固定されていなかったら、嶋田医師が見ていることも忘れて、性器を握りしめ、自分で刺激していたかもしれない。

だが、今はひたすら嶋田医師が与えてくれる快感に頼るしかない。襞がうごめき、中にある二本の指を痛いほど食いしめる。

それによって嶋田医師が悠樹の今の状況を理解し、イかせてくれることを望むしかない。

だが、普段なら的確に状況を読み取ってくれるはずの指は、そうはならない。

――どうして……！

「はぁ、……は、……は……」

呼吸が早くなり、切迫していくのが自分でもわかる。

ひくひくと、襞がうごめいた。触れられない性器が限界近くまで熱を孕んでいる。

――イき……たい……。

どうして今日は違うのか。悠樹は必死になって感覚を研ぎ澄ませ、嶋田医師の状況を探ろうとした。

だが、かすかに息が乱れている気はするものの、それ以上の状況はわからない。

悠樹自身の身体も変化しているように思えた。やたらと中がひくつくし、敏感になっている。中にある嶋田医師の二本の指が太く大きく感じられて、からみつく襞越しにその爪や関節の位置まで頭の中で思い描けるほどだ。

――苦しい……っ。

快感は乳首からも広がっていた。ゆるゆると外側ばかりをなぞられて、乳輪部分までぷっくりしている。皮膚が敏感になりすぎていて、指の腹の指紋のざらつきさえも感じ取るほどだ。

また乳輪を強めに擦られて、身体の芯まで快感が抜ける。こんな状態で乳首の先端に触れられたらどんなに感じるか、考えただけでも怖かった。乳首がギチギチに尖って、むず痒くてたまらない。

「はぁ、……は、……は……っ」

ひくひくとうごめく襞が、より指を奥のほうに導こうとしている。

早く達して、この狂おしい快感から逃れたい。

そんな望みが、悠樹の意識を支配した。そのことばかりを待ち望んでしまう。

だが、それは嶋田医師には通じないようだ。

機械的に乳輪にクリームを塗りこみながら、冷静な声で言われた。

「今日の乳首は、すごく充血していますね。少しふっくらしています。もしかして、これこそがミルクがたまってきた状態でしょうか」

そんな言葉とともに、いきなり乳首をつまみあげられた。

「ふ、ぁぁっ！」

乳輪部分からその先端にかけて、中にある何かを押し出そうとするかのようにしごきあげられる。待ち望んでいた刺激を乳首に与えられて、悠樹の身体が跳ね上がった。

「つぅ、ぁああ！」

感じすぎてイきそうになったのだが、寸前で指を離され、熱い息を漏らす。

「出ないみたいですね、ミルク。これでも」

乳首を指の間でつままれ、なおもしごきあげられる。

「つん、ぁあ、……ぁっ、だめ……っ！」

執拗に繰り返される動きが、ぞくぞくするほどの快感を呼び起こした。

だが、指ではダメなような気がした。熱さが必要だ。唇や舌で触ってほしい。前回、身体に刻みつけられた快感を蘇らせたい。

「っ、……噛んで、……吸って……くれ……れば……」

そうすれば、嶋田医師が望むミルクだって出るはずだ。理由もなく、そう思う。

「でしたら」

指が離れた。

少し間を置いて、何かが乳首に触れてきた。

「つぁ！」

身体の奥が、甘く痺れる。

分厚くて濡れた何かが、悠樹の乳首を甘ったるく転がした。火傷しそうに熱い。それに乳首が押しつぶされるたびに、信じられないほどの快感が広がる。

ぬるぬるぬるぬると、からめとられるたびに気持ちよさに腰が揺れた。

全身の感覚を研ぎ澄ませ、悠樹は舌としか思えない甘すぎる刺激に酔う。

たっぷり舐められた後で、それは来た。

指で体内を掻き回されながら、乳首を歯で挟まれ、きゅっと引っ張りながら吸いつかれた。まぶたの裏で、その光景が浮かぶ、自分の乳首が、嶋田に嚙みつかれているところが。

十年前と同じように。

そして今、歯は少し痛いぐらいに、乳首に食いこんできた。ちりっとした痛みをきっかけに、強烈な快感が呼び起こされ、何も考えられないほどの強い絶頂の頂まで一気に押し上げられる。

「っぁあああ、……あ……っ！」

胸元が反り返り、拘束された椅子の上でガクガクと震えた。

さらに乳首を吸われて、身体の芯まで突き抜けるような快感が全身を貫く。

「っあ、……んぁ、ぁ、……あ、あ、あ……っ、……っ」

そのときには、目隠しを緩めていたことも忘れていた。

身体全体が揺れているために、意図せずに目隠しがずれていた。見開いた目に天井の一部が見えたとき、悠樹はあることをハッと思い出した。

──確かめ……なくちゃ……っ！

乳首を吸われている感覚があるのは、果たして現実なのかを。これがラテックスの手袋がもたらす錯覚ではないことを。

とっさに、生暖かい感触が張りついている胸元を見る。

そこに、嶋田医師の頭が埋まっていた。頭髪の一部しか見えないが、直接吸いつかれているのに間違いない。その証拠に、乳首の小さな粒をなおもちゅうっと吸いあげられるたびに、その頭が連動して動く。

「つぁ、……あ……あ……」

その快感に新たな射精の衝動を誘発させられ、悠樹はのけぞってあえいだ。

──やっぱり、……舐め……られ……てた……。

先日のも、指ではないはずだ。今と同じ感触だった。

それだけどうにか確認して、放埒な快感に身を委ねていた悠樹のかぎられた視界に、そのとき飛びこんできたのは、嶋田医師の耳だった。

先日、嶋田と会ったときに、瞳に灼きつけておいた耳の形。少し耳朶が膨らんだ造形は嶋田のものと酷似していて、またしても息を吞まずにはいられない。それだけではない。左の耳朶に、ピアスのように二つ並んだほくろの位置まで全く同じだったからだ。

──え……！

見てしまったものの衝撃に、乱れきった鼓動がなおも跳ね上がった。

──どういうことだ？　……先輩が、……嶋田医師……？　嶋田医師と、……先輩は一緒？

背丈や顔立ちは、よく似ている。だけど少し印象が違うし、似ているのは従兄弟だからと、自分を納得させせてきた。

だが、いくら似ていると言っても、耳にある二つのほくろの位置まで完全に一致するなんてあり得ない。そう思うと、嶋田医師が嶋田としか思えなくなる。

──髪の色や、眼鏡や、目元の印象が違う。だけど、……変装していると思えば。……だけど、……どうして、……そんな……。

混乱が混乱を呼ぶ。イったばかりで、思考力が極端に落ちていたから、なおさらだ。

敏感な乳首を治したいという悠樹の望みを聞いて、それをかなえてやりたいと純粋に思ったのだろうか。それとも、これはちょっとしたおふざけなのか。にしても、ここまで労力をかける理由がわからない。

──手間とお金がかかりすぎてる。……このクリニックを、……俺が来る時間だけ、借り切っていたってこと？

世の金持ちたちが、他人から見れば理解できないことに大金を注ぎこむことを知っている。悠樹の叔父などはカマキリを偏愛するあげく、その繁殖施設に桁違いの金をかけていた。父の知り合いは鉄道の時刻表に入れこむあまり、自ら私鉄会社を買い取って、自分の思うがままにダイヤを組ませていたはずだ。

──だけど、先輩の場合は、何のため……？　俺の乳首を触ることに、……何の意味が？

その答えに、どうしても到達できない。

なのに、相手が嶋田医師ではなくて嶋田だとわかったことで、安心感が湧いてきて、急に身体が熱く疼いた。嶋田に触れられていたのかと思うと、今まで以上に快感が暴走する。彼が触れているところ全てが、熱を帯びてくる。

悠樹が達したことを知って、引き抜かれそうになった指をとっさに締めつけた。指が襞に引っかかり、ぞくっとした快感を呼び起こす。それは、今までに味わったどんな快感よりも甘ったるく感じられた。相手が嶋田だと知っただけで、こんなにも身体が熱くなる。

だからこそ、かすれきった声で、懸命に訴えていた。

「せんぱ……、……入れ……て……」

口走った瞬間、頭のどこかでしまったと叫んだ。

だが、本来の願いはそれだ。疼くそこに、嶋田の熱い硬いものが欲しい。それが何なのか、本能的に理解していた。

何も考えられずにいたそのとき、指ではない熱いものが悠樹の身体に押し当てられた。

「っあ！　うぁ！　……っぁ、あっ……！」

すぐに後孔が割り開かれた。その大きさにたまらず声が押し出された。

ここまで時間をかけて柔らかくほぐされていなければ、ケガをしていたと思えるほどの、ものすごい大きさと硬さだった。それでも到底受け入れられるとは思わなかったが、入ったのは不思議なほど優しく身体を割り開かれたからだ。

嶋田の乱れた息を感じながらも、時間をかけて根元まで押しこまれ、その先端が自分の深いところまで達した瞬間、悠樹は耐えきれずに甘い息を漏らした。

「っん、……あっ、んぁ、……あ……」

——うれ……しい……。

締めつけなくとも、その大きさと硬さで、それがどこまで自分の身体の深くまで届いているのかが伝わってくる。身体が余計に甘く疼き、そこまで受け入れることができたという安堵と悦楽に、感極まって達してしまう。

「っあ、……んぁ、……あ、あ……っ」

がくがくと、射精の衝動に合わせて腰が揺れた。そのために、自ら嶋田のもので襞を刺激することになり、倍増した快感にうめくことしかできない。

身体は嶋田の熱い硬いものを、かつてないほどの快楽として受け止めていた。

「ふぁ、……あ、……は、……は……」

長い射精の衝動が、少しずつ治まっていく。

それでも、ただ入れられているだけでどうしようもなく昂る身体を、悠樹は持て余していた。これほどまでに、嶋田のことが特別だ。彼にずっとこうして欲しかったのだと、実感せずにはいられない。

じわりと涙があふれる。それは、どうにか形だけ目を覆っていた目隠しに吸い取られていく。

「動いて……いいか」

かすれた声で聞かれた。

「……はい」

うなずくと、余韻の中にいた悠樹の足のつけ根を、嶋田はしっかりと抱え直した。少しだけ腰の位置を引き戻され、それからあらためて腰を使われる。

「っぅうあぁ、……あ……っん、……ぁ、あ……っ」

男が積極的に動き始めたら、ガツンガツンとしたここまでの激しい刺激になるのだと、悠樹は初めて思い知らされた。その律動の一つ一つが深くて強くて、打ちこまれるたびに声が押し出される。

「っひぁ、……ん、あ、……ふ、あ、ぁあん……」

嶋田の熱い先端が、深いところまでえぐっては抜けていく。その勢いはすごすぎたが、大きく足を広げたこの格好では、何らその勢いを阻むことはできない。

さらに嶋田は腰を動かしながら、尖っている乳首に指を伸ばしてきた。

「んっ！」

そこで痛いぐらいに張り詰めた乳首を下から上に指の腹でなぞられて、腰が震えた。かつて高校で嶋田にそこをいじられたときの記憶が鮮明に蘇り、そのころに戻ったような錯覚に陥る。

嶋田はとても大切そうに、乳首をいじってくる。弾力を楽しむように指の間でねじられ、押しつぶされるたびに、そこから快感が接合部まで伝わった。乳首が気持ちよすぎて、それだけで精液があふれそうだ。それほどの快感が、嶋田の指があるところから生みだされている。

「つぁ、……んぁ、……あ、……あ……」

片方では足りないとばかりに、もう片方の乳首に嶋田の指が伸びてきた。その小さな粒を腰の動きに合わせて揉み潰され、淫らに腰を使われるのだから、たまらない。

「つく、……うぁ、……うう、あ……っ」

夢中になりすぎたのか、だんだんと嶋田の指にかかる圧力が増していく。

それでも、ギチギチに張り詰めた乳首は、そこに与えられる全ての刺激を快感へと変化させた。

――すごく、……感じる。乳首。……今日は……っ。

嶋田医師が嶋田だと知ったことで、体感が大きく変化している。

乳首の粒がますます硬く凝り、優しく触れられただけでもぞわっと総毛立つほど、そこの感覚が変化していた。そうなったことで、今、どうなっているのかを思い出した。

――ミルクが出る……前兆だ。

それは嶋田にも感じ取れたらしい。

乳輪のあたりまで、乳首がぷっくりしている。先ほどの、ただ充血していた状態とは、何かが違うらしい。その内側の何かを乳首の先端へと導くように、彼の指は上下に何度も動いた。

乳首をしごかれて、悠樹はあえぐ。何度もイかされすぎて、声はかすれていた。

「つあ！　……い……つぁ、……つあ」

「ミルク、出そうか？」

切羽詰まった声で、尋ねられた。どうして彼が、こんなにもミルクにこだわっているのかわからない。すでにまともに目を開いていることができずに、悠樹はぎゅっと目を閉じたまま、うなずいた。身体の奥まで、リズミカルに彼のものを打ちこまれ続けているのだ。

「っぁ、……あ、あ……」

そのとき、乳首の粒に、きゅ、と針を刺すような刺激が走った。噛まれて、吸われたのだ。次の瞬間、がくがくと腰を震わせながら射精していた。

「っううぅぁあああ、……っうあ、……あ、あ、あ、っ」

自分で腰を振り立て、嶋田の硬くて大きなものを襞にあますところなくこすりつけることとなる。その硬い、芯の通ったものが、むごいほどに自分の体内を押し開いていた。

その太い杭に感じるところを擦りつけるように腰の動きが止まらなくなり、さらに深い悦楽へと導かれていく。

嶋田のほうも精液を搾り取るような襞の動きに誘発されたのか、乳首を舐めたてながら悠樹の動きに合わせて腰を突き上げ、とどめのように深い位置に押しこんでから動きを止めた。

「……う」

小さなうめきとともに、自分の身体の奥で彼の熱いものが弾ける。

嶋田の動きはそれで終わらず、出したものを体内に広げるように腰を使ってくる。よりなめらかになった中の動きにとても感じて、悠樹は再びあえいだ。

そのとき、嶋田が唇を乳首から外した。

外気にさらされた乳首の粒には、ジンとした痺れが宿っている。

感動したような、嶋田の声が聞こえた。

「……出て……る。……ミルクが」

――え……。

ミルクが出る前の前兆のような乳首の張りはあったが、本当に出ているのだろうか。

自分では確かめる術はない。嶋田の唇がそこに押し当てられた。乳首の粒に優しく歯を立てられ、引っ張られた瞬間、そこから何かが絞り出される感触があった。

「っあ、……っあ……あ……」

乳首からミルクを絞り出されるのは、射精するときの感覚と似ている。

体内の敏感すぎる粘膜を、液体で擦りあげられる快感。それに、乳首を吸い出そうとする舌や唇の動きが混じる。

舌先で乳首を転がされ、吸われるたびに、悠樹は全身を震わせた。

なおも体内には、嶋田の熱い太いものを、限界近くまでくわえこまされたままだ。身じろぎするたびに、それが襞を狂おしくえぐりたてる。しかもそれは萎えることなく、ますます大きく張り詰めていくのだ。

「い、……あ、……ダメ、……ちくび……っ」

「美味しい。……なんて、美味しい……ミルクだ……」

熱に浮かされたような、嶋田の声が聞こえてきた。嶋田がこのミルクの味に深い感動を覚えているのが、伝わってくる。

——ミルク……。そういえば、先輩は、……ミルク味を、……追い求めてるって……。

ラウンジでスイーツの試食をしたときに、彼とした会話を思い出す。

悠樹のミルクは、彼が追い求めるミルクの味の参考になるのだろうか。

片方の乳首を嫌というほど吸われた後で、嶋田の頭は反対側の乳首に移動した。

ジンと張り詰めたままの手つかずの乳首に吸いつかれて、軽く歯でそこを押しつぶされながら、またもや引っ張られる。

「っぁあ！」

ほとばしるミルクの勢いに、震えた。出たのは、ほんの少量でしかないだろうが、何せ敏感な乳首だ。嶋田は強く乳首を吸った。一滴もミルクを残すまいというような熱心さに、悠樹は何度ものけぞった。

そうしている間にも、体内にある嶋田のものに再び芯が通っていくのがわかる。ただそれを入れられているだけでも、圧迫感を覚えるような大きさだ。乳首よりもその硬さと大きさのほうに意識を奪われつつあったとき、嶋田がそれで不意に悠樹を突き上げた。

「っう、あ！」

ぞくっと、全身の毛が逆立つような快感があった。先ほど出されたもので中はぬるぬるしていたから、その大きさでも動きはなめらかだ。

感じすぎて限界を迎え、悠樹は涙声で訴えた。

「せんぱ……も、……むり……っ」

完全に目隠しはずれていたが、嶋田はそれを気になることはなかった。

「もっと、……のませ……て……くれ」

あえぐような嶋田の声に、彼が何を一番に欲しているのか、本能的にわかった。

――ミルク、……だ……っ。

嶋田のものは、ますます太く大きく張り詰めているように感じられた。その証拠に、先ほどは届かなかった奥まで、先端が届いている。

「んっ、んぁ、……あ……」

力強く、嶋田の動きが再開された。

その深い位置にも、感じるところがある。そこを容赦なくえぐられながら、乳首をねっとりと舌の腹で舐めあげられるのがたまらない。ミルクは吸いつくされて、味も残っていないはずなのに、何度も吸われて、身体の芯のほうが痺れた。

――先輩が……欲しいのは、……ミルク？　ミルクのために、……こんなことをしているの？

答えの一部を、手に入れたような気がする。自分が真に求められているのではなく、別の目的のためかもしれないと思うと、胸が潰れそうになった。

だが、奥の感じる部分に切っ先をこすりつけられると、そこから全身を溶かす快感が広がり、何も考えられなくなる。その快感が強すぎるから、抵抗も何も形にならない。ただ嶋田が欲するままに、身体を与え続けることしかできない。

「……あ、……ちくび、……ダメ、……も……っ」

なぶられすぎて熱を持ったような乳首だったが、なおもそれを歯で引っ張られ、吸われると、それでも感じた。同時に奥をえぐられる行為が、禁断の悦楽を呼び起こす。身体はもはや制御できない状態に陥っていて、嶋田が腰を動かすたびに達しているような状態になっていた。

嶋田の熱い大きなものをくわえこまされているだけで気持ちがいい状態なのだから、それを動かされたらたまったものではない。

また次の大きな波にさらされそうになった悠樹の胸元で、その小さな粒を飽きずになぶっていた嶋田が、感動したようにつぶやくのが聞こえた。

「また、……あふれてきた」

ちゅうっと、幼子のようにミルクを吸われる。それを視覚と感覚の両方で感じながら、悠樹は大きく息を漏らした。

「っふ、は、……は、……せんぱ……い……」

じわりと涙があふれる。

感情がぐちゃぐちゃになっていた。こんなふうに乳首で感じるのが、悲しいのか嬉しいのかすらもわからない。

嬉しいのは、ずっと好きだった嶋田とこうしてつながれたことだ。悲しいのは、こんなことをされているのは単に、ミルクのせいではないかと疑ってしまうからだ。

乳首を鈍感にさせるためにクリニックに通っていたはずなのに、その思いを踏みにじられ、悲しさがこみあげてくる。

――だけど、……それでも、先輩のことが好き。

彼の役に立つのなら、何でもしてあげたい。

「うっ、……せんぱ……っ」

「まだ、だ。……あと、少し、飲ませてくれ」

何かに取り憑かれたような嶋田の声が聞こえる。

あとはもう、好きなだけ飲ませるしかないと諦めて、悠樹は身体の力を抜いた。

〔六〕

気がつけば、診療室の中のベッドで寝かされていた。

身体は綺麗に清められている。後孔の火照(ほて)りや、乳首が腫(は)れたようになっているのをのぞけば、あれは夢だったのではないかと思えるほどだ。

だが、ベッドから下りただけで、酷使しすぎた体内の襞がズキンと痛んだ。

ふらふらするのを感じながらも、悠樹はベッドの横に置かれていた衣服をのろのろと身にまとっていく。

——先輩だった……。嶋田医師は、嶋田先輩……。すっごく、ミルク、吸われた。

この衝撃を、どう受け止めていいのかわからない。考えてみれば、同一人物と気づかなかったのが不思議なほどだ。

——似てたけど。……だけど、髪の色とか、目元の印象とか、少し違っていたし。

あれは、どうしてなのだろう。考えようとしたが、頭がまだボーッとしていて、まともな思考力がない。

冷静になるまで嶋田と顔を合わせる気になれなくて、悠樹はそっと廊下(ろうか)に出た。いつも予約をする隣室とは反対側だ。誰もいないのを確認して、逃げるようにビルから離れた。

銀座の裏通りから裏通りへ。迷路のような路地を伝って、丸の内界隈(かいわい)まで歩いて行く。

すでに午後九時を回っていた。銀座のあたりはまだ明るいが、丸の内のオフィス街のほうまでくると、かなり薄暗くなる。街灯はついていたが、残業しているビルの窓の明かりは少ない。そこをまっすぐ突っ切ると公園に出たので、その中へ入る。

——どうして、……どうして……、先輩は、……嶋田医師に……？

その答えが見つからないまま、ぼろぼろと涙ばかりがあふれた。どうして自分が泣いているのかもわからない。嶋田医師が嶋田だとわかっただけで、あんなにもあっさりと身体を明け渡し、ミルクまで出してしまった。

ミルクをすすられたときの唇の熱が、身体にずっと残っている。その唇を思い出すだけで、身体が熱くなった。どうして嶋田があんなことをしたのか、いまだに理解できずにいるのに。

——このままじゃダメだ。

夜間の公園は昼間とは違って、静かな雰囲気があった。園内にある噴水がライトアップされているのを眺めて、悠樹はようやく足を止めた。噴水には近づくことなく、近くにあるベンチにへたりこみ、深呼吸する。

見上げれば、公園の向こうにビル街が見えた。まだまだ気持ちは乱れていたが、このままではいけない気がする。クリニックから何も言わずに逃げてしまったし、嶋田とちゃんと話しておきたい。

——よし……。

スマートフォンを取り出し、しばらく躊躇した後で嶋田の番号を押す。まだ心の準備ができていないうちに、焦ったような嶋田の声が聞こえた。

『……野崎？　……どこにいる？』

声は乱れ、ひどく悠樹を案じているように聞こえた。その声を聞いただけで、涙があふれて止まらなくなる。

「先輩。……その……」

『どこにいる？　迎えに行くから』

切実に響く嶋田の声に、恋をして苦しいのは自分だけではないのかもしれないと思った。

「今すぐ、会いたいです」

いきなり人を呼び出すには、非常識なぐらい遅い時刻だ。公園内を歩く人は少なく、心細さを覚えている。

『ああ。どこにいるんだ？』

「日比谷公園です。噴水のそばに」

『何で、そんなところに？』

「気持ちを、……整理したかったので」

うめくように言うと、嶋田は何かを察したらしい。

『わかった。すぐに行く。動かずに待ってろ』

どこか切迫（せっぱく）した声を聞いて、悠樹は何も言わずに通話を切った。

頭が真っ白だ。心の準備も、混乱を鎮（しず）めることもできない。

何をどう話したらいいのかわからないまま、悠樹はベンチに座っていた。

嶋田の姿を公園の中で見つけたのは、想像していたよりもずっと前だった。タクシーに飛び乗って、大急いでここに駆けつけた、という最短時間だ。

遠くから人を探す様子で噴水に早足で近づいていくシルエットだけでも、すぐに嶋田だとわかった。悠樹がいたのは立木の陰になっている暗がりのベンチだったから、ここにいたら気づいてもらえないだろうと判断した。立ち上がって、嶋田に近づいていく。

嶋田もすぐに、悠樹に気づいたようだ。軽く手を振りながら、小走りでこちらに近づいてくる。

悠樹は立ち止まって、嶋田がやってくるのを待った。

今は嶋田医師の格好ではなく、スーツ姿だ。急いで着替えたのか、ネクタイがいつになく乱れていた。その顔が良く見える位置まで近づかれたが、鼻のあたりに何か違和感があったから、悠樹は挨拶をするよりも先に手を伸ばして、そこに触れる。

――なんだこれ。

皮膚の一部のように見えたが、引っ張ると外れた。何か肌色の、皮膚のようなものが手に残る。

不思議に思いながら、嶋田の顔と見比べて、これはもしかしたら、変装のためのメイクの一部かもしれないと理解した。ここまで念入りなメイクをしていたから、嶋田医師と嶋田が別人だと思っていたのだ。

「先輩」

それを嶋田に手渡してから、悠樹は単刀直入に言った。

「嶋田医師と嶋田先輩が同じ人だって、……俺、今日、ようやく気づいたんですが」

「……っ」

嶋田は絶句して、まじまじと悠樹の顔を見た。そんな顔は初めて見た。頭のいい人なのに、言い訳が思いつかなかったらしく、途方にくれて口にする。

「ああ。その件だが……」

少し待ったが、続く言葉はなかったので、悠樹のほうから言ってみる。

「今日まで、本気でだまされていました。どういうことなのか、説明していただけますか」

初恋の相手であり、だまされていたとわかっても、憎めずにいた。ここで納得できる説明が得られたら、関係が修復できるかもしれない。

「ミルクだ」

だが、いきなりそう聞こえた。それから、嶋田は焦ったように顔を手で覆った。

「いや。……ミルクはミルクなんだけど、ミルクだけのせいではないというか、その……っ」

いつもは口も達者だから、こんなふうに言葉に詰まった姿を見たことがない。

それだけに、悠樹のほうが少し冷静になれた。

「ミルクのせいじゃない？　ミルクのせい？　どっちなんですか」

何かそのあたりに、嶋田の真意が隠されているような気がする。

嶋田には高校生のとき、乳首を吸われてミルクを出した。その恥ずかしい過去をいまだに忘れられないでいる。だけど、過去が現在にまで影響を及ぼしているのは、悠樹だけではないのか。

「ああ。どこから説明したらいい？　その、……ミルクだ。……野崎から出るミルクの味が、……天上の美味で、忘れられなかった」

「は？」

――天上の美味？

どういうことなのか、まるでわからない。ミルクが頻繁に出た高校生のとき、悠樹も好奇心からそれを舐めてみたことがある。だが、少しも美味しくはなかった。なのに、嶋田の口にはそれが天上の美味として感じられるのか。

「あれ、美味しくないですよね？」

確認するために言ってみたのだが、信じられないことを言うとばかりに、嶋田はまじまじと悠樹を見た。

「いや。……最高の味だが？　どんなスイーツでも及ばない、俺がひたすら追い求めている、至高の味だ」

「先輩、……前にミルクの味にこだわってる、みたいなことを言ってましたけど」

「今日、それを味わってみて、あらためて実感した。どんなスイーツでも、あれにはかなわない。まさしく人間の魂に訴えかける最高の味で、舌触りも」

「舌触り？」

またしても看過できないことを聞いてしまったような気がして、悠樹はギョッとした。嶋田は失言を悔やむように一瞬固まったが、ふう、と息を吐いてから、開き直ったように悠樹を見た。

「最高の舌触りだ。あの、小さく尖る、弾力のある突起を舌先で転がし、味わったときの幸福感は、何ものにも代えがたい。あれを味わうために、俺は生きてきたのだと断言してもいい。人生最後に味わうのならば、あれがいい。俺にとっては、至高にして、ひたすら追い求めてきた味なんだ」

「は？」

悠樹は呆然と嶋田の顔を見た。

だが、冗談を言っているようには思えない。嶋田が評価しているのは、ミルクなのか、乳首なのか。味なのか、舌触りなのか、その全てなのか。

さらに嶋田が言葉を重ねた。

「……すまなかった。高校生のときは、ミルクを吸ってしまって、悠樹に避けられたのがわかっていたから、物わかりよく身を引いたつもりだった。だけど、それでもずっと忘れられなかった。あの味を再現しようとスイーツ作りに没頭したが、俺の原点はやはりそのミルクなんだ」

「先輩の、……原点は、俺のミルク……」

嶋田の口からとんでもないパワーワードが連発されるので、悠樹の思考力はなかなか戻ってこない。

だけど、だんだんと言いたいことが伝わってきた。悠樹のミルクは嶋田にとっては忘れられない味であり、ずっとその味を追い求めてきたのだと。

そのミルクを今日、吸って、嶋田は満足したのだろうか。

そう思って彼の顔を見てみたが、晴れ晴れしたようには見えない。むしろ悠樹の反応を、やたらと気にしているように思えた。

ぼうっとしたまま考えていると、嶋田が不意に悠樹の手首を握った。

「あまりにそのミルクを味わいたくて、暴走して申し訳なかった。野崎から乳首の感度についての相談をされたのをいいことに、……その最高のお宝を嫌というほど刺激してしまった」

「ですよね。そもそもあのクリニックは何なんです？　ちゃんと、嶋田メンズクリニックって出てましたけど」

「従兄弟がメンズクリニックを経営しているのは、本当だ。ただ二年ほど、技術研修のために海外に行っていて、ちょうどあのクリニックは空いていた」

「なりすますにも、やりすぎでしょう。先輩から先ほどぺりっと剝がれたのは、何ですか？」

「プロの手を借りた。舞台メイクとか、特殊メイクをしている友人に、別人になりすますためのメイクをしてもらったんだ」

「そこまでして、先輩はミルクを飲みたかったんですね」

なりふりかまわないぐらい、嶋田がミルクに取り憑かれていたのはわかった。いかにも反省してます、という顔でうなだれる嶋田を見ていると、だんだんと愛おしくなってきて、悠樹はその感情をやり過ごすことはできなくなる。

何度か深呼吸した後で、思い切って小さな声で告げた。

「最初から言ってくれたら、……そうさせてあげたのに」

嶋田に乳首を吸われたことを忘れられなかったのは、悠樹も一緒だ。だけど、再会した嶋田は立派に成功していて、まばゆく思えた。試食係を頼まれて、とても嬉しかった。彼の役に立ちたかった。

「言えないだろ、そんな」

そう返した後で、嶋田は悠樹の口から漏れた言葉にハッとしたように絶句した。

「って、え？　えええええ！　今、何て」

まじまじと顔をのぞきこまれる。

本気かどうか、確かめられている気がした。その視線の強さに気圧(けお)されて、悠樹はうつむいて一歩下がる。じわじわと首筋(くびすじ)が赤くなっていく。

「ですから、……最初から言ってくださったら、先輩なら……乳首吸い放題だって」

「……っ！」

二度目でようやく理解できたらしく、嶋田が無言のまま腕を伸ばして、悠樹の身体をぎゅっと抱きしめた。その背の高い、筋肉質な身体のぬくもりが、じわじわと全身に伝わっていく。何も言えないと言った様子で、ひたすら腕に力をこめられ、こんなにも不器用(ぶきよう)な人だったかと驚(おどろ)いた。

悠樹のほうもいっぱいいっぱいで、何も言える余裕はなかったから、ただ息を詰まらせて、抱(ほう)擁(よう)の感触に溺(おぼ)れる。

抱きしめられるのに満足したころ、背中のあたりにあった嶋田の腕がだんだんと上のほうまであがってきて、悠樹の首の後ろに触れる。それから後頭部のあたりを抱きこまれ、背の高い嶋田の肩に悠樹の顔が埋まった。

　こんなふうにされると、嶋田の顔が見えない。だけど、視線を合わせる余裕はなかったから、悠樹はその肩に頭部の重みを預けた。

「本当か？」

「……はい」

「乳首、吸い放題？」

　そのままうなずきたかったが、これではまるでミルクだけ必要とされているようで心配になる。悠樹は深呼吸してから、頭を巡らせて嶋田の顔を見上げた。

　嶋田の目が、心配そうにこちらをのぞきこんでいた。この目で、ずっと診察台の上の姿を見つめられていたのだと思うと、身体がじわじわと熱くなる。

　だけど、嶋田とは口づけたこともない。そう思うと、したことのないその行為がしたくて、彼の気持ちを確かめた。

「乳首だけじゃなくて、……本体も必要としてくれなければ、ダメですけど」

　口走った途端、何かを読み取ったかのように嶋田の目が愛しげに細められ、大きな手で頬を包みこまれた。そっと、唇が押し当てられてくる。初めて触れた嶋田の唇は、見かけよりもずっと柔らかい。その感触を精一杯感じ取ろうと、感覚が研ぎ澄まされていく。

　何度か唇の弾力を確かめられただけで、その甘さに息が苦しくなった。空気を吸おうと大きく口を開いたとき、嶋田の舌が口腔内に忍びこんできた。

「っふ……」

舌を探られ、からめられて、甘い痺れがぞくぞくと背筋に広がった。からみあう舌の感触が、身体を芯まで熱くする。

膝に力が入らず、立っていられなくなったころ、唇がようやく解放された。息が上がりきっている悠樹の身体を大切そうに抱きしめながら、嶋田が言った。

「本体も、大切にする。というか、何より本体こそが大切だ」

その言葉に、悠樹は思わず笑ってしまう。キスしている最中、嶋田の頭にはいろんな言葉が浮かんでいたはずだ。そのあげくに出てきたシンプルな言葉に、悠樹は感動を覚えた。

またぎゅっと大切そうに抱きしめられた後で、ハッとしたように身体を離された。それから、顔をのぞきこんで提案される。

「今、俺の頭には、ミルクを飲んでひらめいたレシピがあるんだ。それをすぐさま、試作したい。今なら、ずっと追い求めていたミルクの味が、再現できる気がする」

「え？　今からですか」

「これを逃す手はない。今なら、できそうなんだ」

「俺のミルク、そんなに効果的なんですか？」

悠樹にとっては、薄めた牛乳のような、ぼんやりとした味だ。だが、嶋田は力強くうなずいた。

「ああ。ずっと曖昧だった味の輪郭が、ミルクの現物を味わったことによって、くっきりとしたエッジを描いた。今なら、その形を構築することができるはずだ」

ここから嶋田の勤務するホテルまではそう遠くはなかったが、ほんのひとときも我慢できないという勢いで、タクシーに乗せられてそこに向かった。

——先輩が追い求めてきたミルク味の極致。俺も味わってみたい。

おそらく嶋田の中で昇華されて、途轍もない美味に仕上がることだろう。

それを思うと、期待しかなかった。


あれから、一週間後。

「さて。これが、最終的に仕上がった、究極のババロア、なんだが」

悠樹は仕事後に、嶋田の勤務するホテルの、最上階のラウンジに呼び出された。わくわくしながら、悠樹はこのときを待っていた。嶋田は究極のミルク味をつかんだと明言したが、それをどんな形で表現するのか決まらず、試作しつづけていたようだ。

牛乳プリンや、極上の生クリームを使用したさまざまなケーキ。ムースにゼリーに、ミルククッキー。それらをひたすら試作した後で、嶋田が選んだのはババロアだったらしい。

その究極のババロアが、うやうやしく悠樹の前まで運ばれる。盛りつけてある皿こそ、嶋田が作るスイーツにふさわしく、格調高い金の飾りがついたブランド品だったが、ひたすらミルクで勝負をしました、とでもいうように、それには何の飾りもなかった。

「どうぞ、味わってくれ」

そう言って、向かいに座った嶋田が身体の前で指と指とを組んだ。その眼差しは鋭く不敵で、自分の作ったものに揺るがぬ自信を持っていることが伝わってくる。

嶋田がこんな顔をしたときには、間違いがない。悠樹は期待に胸を躍らせながら、銀のスプーンを手に取った。

ババロアをすくいあげ、口に運ぶ。最初にふわっとミルクの香りが漂った。懐かしく、郷愁を誘うような切ない香りだ。

その香りが抜けたときに、濃厚なミルクの味わいが舌の上で広がっていく。

――おいしい……！

まず感じたのは、感動だった。

今まで味わったミルク味の食べ物の中で、一番美味しい。絞りたての牛乳をそのまま飲んだことがあるが、それよりもさらに濃厚で、ミルク成分を凝縮させたような、複雑な美味しさがあった。

もっとずっと味わっていたかったのに、ババロアはその記憶だけを残して舌の上から消えてしまう。それをもう一度味わいたくて、もう一さじ口に運んだ。

プリンよりも濃厚で、ムースよりもなめらかだ。舌の上で広がっていく極上のミルクのことしか、考えられなくなる。

途轍もなく美味しいことには間違いない。確かな技術によって作られた、微塵の妥協もない、

完成されたスイーツだ。凝縮されたミルクの香りと味に、ひたすら魅せられる。

一口ごとに、感動があった。最初は母乳っぽいかと思ったが、食べ進めていくうちに、そうではないと気づいた。これは、大人が味わうミルク味だ。この先、生きていくための力を、無限に与えてくれるもの。

懐かしく、愛しいミルク味。初めての恋の味。

食べ終わるころには、たまらない充実感で身体が満たされていた。

息を吐くたびに、ミルクの香気が蘇る。これを食べ終わってしまったのが、惜しくてたまらない。

悠樹はスプーンを置いて、嶋田を見た。ひたすら夢中になって食べていたのに気づいたのは、そのときだ。嶋田は悠樹が無言だったことが心配だったらしく、ババロアを差し出したときよりも表情が曇っている。

そんな嶋田に、どんな賛辞を贈ればいいだろうか。すぐには言葉が見つからない。だけど、すがるようにこちらを見る嶋田をこれ以上待たせることはできなかった。

「すごく、美味しいです。これこそが、先輩が求めていたミルク味、だと、ようやく理解できました」

大人のミルク味。ミルクの良いところをひたすら集めて、ぎゅっと差し出されたような感動があった。

「そうだろう！」

我が心の友を得た、とばかりに嶋田が深々とうなずいた。

「ずっと追い求めていたのは、この味だったんだ。魂を癒やすミルク味を、ようやく再現できたような気がする。……だけど実際のところ、直接味わったミルクには、やっぱり何をどうしても及ばないような気がしてならないんだが」

そんなふうに言って、嶋田がおねだりするような顔を悠樹に向けた。わかるだろう？　とでも言いたげな視線に、彼の言いたいことがじわじわと伝わってきた。

そこまで露骨（ろこつ）な誘いを受けたら、悠樹もうなずかないわけにはいかなくなる。

あんなことがあっても、嶋田のことを好きな気持ちは変わらない。それどころか、告白を受けて、ますます彼への気持ちが強まった。

「人は満たされてしまうと、仕事のやる気を失うとも言いますけど、先輩はその心配はないですか？」

「まだ満たされてないからな」

嶋田はにこやかに微笑んだ。

「そうなんですか？」

「ああ。……一度飲んだだけでは、まだまだ足りない。十年ぶりに口にしたときには、このまま死んでもいいと思った。だけど、時間が経つと禁断症状（きんだんしょうじょう）が出る。またアレを味わいたくてたまらない」

それは、悠樹も一緒だった。

もう無理、と思うまでミルクをすすられたのに、またその唇が恋しくなる。こんなふうになるとは思わなかった。嶋田とは昔から、運命的なものでつながれていたのかもしれない。

「いずれ、ミルクが出なくなるときがくるかもしれませんよ？」

高校生のときと比べて、分泌量は明らかに減っているのだ。今後、嶋田を十分に満足させられるのか心配になる。ミルクが出なくなっても、自分は嶋田にとって大切な存在であり続けることができるだろうか。

「出なくても、あの舌触りだけでも」

つい、といったように嶋田が口走る。

嶋田はそっと、ルームキーを見せた。

「部屋を取ってある。この後、……ババロアの感想を、詳しくそこで聞きたいんだけど」

露骨すぎる誘いだったが、悠樹に否などあるはずもない。


「ん！　……ん、ん……っ」

乳首から直接、ミルクを吸い上げられる感触に、悠樹はうめいた。

時間をかけて慣らされた襞に嶋田の大きなものを入れられただけで、すぐに達してしまった。

その絶頂感とともにあふれたミルクを今、すすり上げられている。

しばらく出ていなかったのに、前回に引き続き、どうして急にあふれるようになったのか、悠樹にはよくわからない。だけど、もしかしたら、という仮説はある。嶋田と会うことになり、枯れていた恋愛感情が復活したのに合わせて、ミルクも湧き出すようになったのかもしれない。

――恋するとあふれる、……ミルクってこと？　そういうことに、……しておこ……。

イったのに合わせて乳首は硬く凝り、嶋田に飲まれるのを待ち侘びて、内側から張り詰めている。

そこに唇をつけて、すすられるのだからたまらない。

軽く歯を立てて引っ張られ、中のものを吸い出される快感はイクときの快感にも似ていた。吸い出されるたびに、ぶるっと震えてしまう。

さらに反対側に嶋田の唇が移動し、疼いてたまらない粒をちゅっと吸われた。動いたことで少し浅くなっていた中の楔を、入れ直される。

「っう！　あぁ、……っ、うあ、あ……っ」

嶋田のたくましい切っ先に襞を押し開かれていく快感と、ミルクを吸われる快感が混じり合う。それが強烈すぎて、ぞくっと肌が震えた。

まだまだ悠樹の体内は狭いのだが、時間をかけてなぶられていたせいで甘く溶けている。わずかな動きでも、獰猛なほどの大きさを思い知らされる。

――おお……き……っ。

感じるたびに嶋田のものを締めつけてしまうので、その硬すぎて大きすぎる形や、どこまで届いているのかを認識させられた。圧迫感が苦しいのに、気持ちがいい。その存在の全てが、快感に直結している。

まだ入れられたばかりだ。なのに、こんなにも感じてミルクをあふれさせてしまうなんて、この先、大丈夫かな、と頭の片隅（かたすみ）でチラリと考えた。

だが、これが自分の中で暴（あば）れ始めるんだ、と思うと、身体がジンと熱くなる。

入れられていると、不思議と乳首からの快感も強くなる。なおもミルクが出ないかと、舐めたり引っ張ったりを繰り返されるたびに、襞が嶋田の熱いものにからみつく。

中の唇の熱さに灼かれて、ひっきりなしに襞がうごめくようになったとき、嶋田は悠樹の胸元から顔を上げた。

「動いても、……いいか」

乳首にばかり夢中になっていたくせに、そちらのほうも気になっていたらしい。

「い……です」

未練（みれん）がなかなか断ち切れない様子で乳首を舐めながら、嶋田はゆっくりと腰を動かした。

大きく張りだした先端に襞をこじ開けられるときのぞくぞくとした快感と圧迫感に、熱い息を漏らすことしかできない。

抜かれていくときも、ぞわぞわと背筋が痺れるような快感にさらされた。

しかも、中の刺激にくわえて、乳首を舌先でねっとりと転がされる刺激が混じるのだ。

「……っん、……ん、ん……っ、せんぱ、……きもち、……い……っ」

のけぞりながら正直に訴えると、嶋田が愛しげに笑った。

ベッドから見上げる嶋田の顔は、したたるような男の色気にあふれている。挿入していることで快感があるのか、少し眉を寄せ、何かを我慢しているような表情をしているのもたまらない。

「そいや、野崎。……何度か、俺のこと、『先輩』って呼んだよな、クリニックで」

そう言って嶋田は、確認するかのように乳首を甘噛みして、きゅっと引っ張り上げる。

「っあ！」

乳首を舐める動きに、時折混じるその鋭い快感は、びっくりするほど身体に響いた。

その仕返しのように、ぎゅっと締めつけてしまう。そのたびに、すごく大きなもので襞を占領されていることを思い知らされて、息を呑むような快感があった。

「それは、……っ、まちがえて」

その快感をやり過ごしてから、上擦る声で訴えた。

「間違えた？」

「んっ、……は、クリニックで、——いつも、先輩に、……されてるような、……気分に……ぁ、……んぁ、……なって……っ、あ、っんぁ、……は、……う……う……」

話している途中で、嶋田がくりくりと乳首を指先で転がすものだから、まともに返事ができなくなる。その後で、乳首にそっと口づけてから、嶋田が言った。

「先輩、って呼ばれるたびに、……全部バレてるんじゃないかと、……気が気じゃ……なかった」

乳首をちゅ、ちゅっと吸い上げながら、腰を使われる。

「だけど、悪い……気は、……しなかった」

ずしんと体重をかけて押しこまれる。先端が深い部分にまで食いこみ、快感に腰が浮きそうになった。だから、迎え入れるようにできるだけ力を抜かなければならない。抜かれていくときにも、ぞわぞわと感じすぎて、中に力がこもってしまう。

だが、そんな悠樹のリズムを乱そうとするかのように、嶋田のものは不規則にリズムを刻んでくる。浅くされて焦らされたかと思ったら、びっくりするほど深くまで一気に押しこまれる。

「う、あ……っ」

くわえこめる限界まで、身体を押し広げられるのがたまらない。しかも、それがいきなりなのだ。

「っんぁ、……ぁ、……あ、……せんぱ、……んぁ、……せんぱ……っ」

中の抜き差しに合わせて、乳首を指先でとらえて引っ張られる。その小さな粒を乳輪から先端までしごきあげるように指を使われると、そこから電流のような快感が全身に走り抜けた。またそこに、新たなミルクがたまっているように感じられる。

「っは、……んぁ、……は、……ま、……た、……ミルク……っ」

切れ切れに訴えると、嶋田はうなずいた。

「また、出そうだな。パンパンになったころに、イってみる?」

嶋田はその小さな粒の弾力を楽しむように舌先で転がし、こね回すような動きに変える。

それから、ちゅ、ちゅっときつめに吸われて、悠樹の腰はびくびくと震えた。

感じてどうしようもなくなったころ、膝の後ろに腕を回されて大きく広げて固定され、身体が二つ折りにされた。

尻が半ば浮いた状態で、真上から突き刺すように貫かれる。こんなふうにされるのは初めてで、とんでもない挿入感に悠樹はあえいだ。むごいほどに容赦なく与えられる刺激を、身体が片っ端から快感に変化させていく。

「っぁ、……あ、……あ、……イき……そ……っ！」

まだまだセックス自体に不慣れな悠樹だから、この快感をやり過ごす術はない。

足を固定されているからなおさらで、どうにも快感が逃がせない。強制的にやってくる絶頂の予兆に、だんだんと身体に力が入るのがわかった。

「っひ、……ぁあああああ……っ！」

目の前で閃光が弾ける。ぞくっとのけぞった瞬間、嶋田が乳首を強く吸った。

「んぁ！　……はぁ、……あ、……あ、……イっちゃ……っん、ん、ん……」

射精するのに合わせて、乳首からミルクを吸い出される。下肢と乳首両方からあふれ出す感触に、全身がわなないた。イクのが止まらなくなる。

嶋田もそのときの中の締めつけには逆らえなかったらしく、小さなうめきとともに奥に精液を浴びせかけられた。

たっぷり出されて、襞が灼ける。精液をなおも搾り取ろうとするようにからみついていく襞に逆らって、ぬるぬると精液を塗りつけられる。

「っは、……は……」

長い絶頂感の後で、悠樹は大きく息をついた。立て続けに二度も射精まで追いこまれてしまった。なかなかその余韻が去らない。

そんな身体から、ようやく嶋田のものが抜き取られた。

だが、身体から力が抜けていて、足が大きく開いたままだ。大きなものを入れられていた部分はすぐには窄まらず、注ぎこまれたものがゆっくりと逆流してあふれ出していくのがわかる。

「っん――」

そんな姿を嶋田に見られているのが恥ずかしいと思いながらも、どうすることもできない。

射精と同時にたっぷり吸ったはずなのに、まだ飲みたいのか、嶋田はその突起を丁寧に舌先で転がし、かすかな量でも逃すまいとするかのようにすすってくる。

射精したばかりで敏感になっている身体に、舌によるさらなる刺激は毒だった。

「っは、……あ……」

乳首からの快感が全身にじわじわと広がり、イったばかりの身体の熱がいつまでも冷めなくなる。襞のうごめきも止まらなくて、注ぎこまれたものが少量ずつ押し出される。

くたくたのはずなのに、そんなふうに乳首を刺激されるせいで、快感が治まらなくなる。そんな自分の身体に狼狽して嶋田の顔を見上げると、目が合った途端に尋ねられた。

「もっと?」

そんなはずはない。もう無理だ。これ以上のミルクは、上下ともに絞り出せない。そんなふうに思ったはずなのに、嶋田の目が何かを期待しているかのように底光りしたものだから、それに押されて、ついうなずいてしまう。

　――しまった……！

　だが、そう思ったときには、悠樹の身体は客室のベッドにうつ伏せにひっくり返されていた。

　体勢を整える間もなく、腰だけを背後からつかまれて強引に体内にねじ込まれ、入ってきた獰猛なものに息を吞む。

「っぁああ！」

　ほんの少し抜かれていた間に、悠樹の後孔はつつましい窄まりに戻ろうとしていたらしい。先端が入り口を通り抜けたときの衝動が、身体に響く。だが、その部分さえ吞みこんでしまえば、後はずぶずぶと根元まで貫かれるだけだ。

「……ん、ん、……っあ、……んぁ、……あ……っ」

　狭い部分をズンと貫かれると、奥底まで響く刺激に身体が跳ね上がる。頭が一瞬真っ白になった。軽く達してしまったのかもしれない。この体勢だと、悠樹が感じる奥の部分までやたらと刺激されるのだと思い知らされる。先ほどまでは、あまり刺激されなかった部分だ。奥までこじ開けられているだけで身体が疼いて、嶋田のものを渾身の力で締めつけてしまう。

「っう、……すごく、……キツくなったな。……だけど、……中はぬるぬるだから」

　先ほど出されたものが、嶋田の動きを助けている。

　こんな状態で、背後から乳首に指が伸びてくるのを察して、悠樹は首を振った。

「ん、んっ、ダメ、……っ、あっ、ふ、……深い……」

涙声になっていた。力が抜けないほど、中の圧迫感はすごい。それに加えて、深いところを刺激される快感に怯えていた。

嶋田は悠樹の身体を背後から抱きかかえるように腕を回し、その指の間で無造作に突起を刺激しながら、大きなもので襞をむごいほどに刺激してきた。

「あ、ふ……っ」

そんなふうにされると、ギチギチに中が占領されていることを実感する。こんなにも太いものが、自分の体内にあるなんて、信じられなかった。

しかも、それが絶え間なく襞に快感を与えてくる。

「っうあ、あ……っ」

それで前立腺を刺激されると、性器を内側から直接擦られているような感覚を覚え、硬く勃起してしまう。大きなもので腹の内側を突きあげられ、その動きに合わせて息を漏らさずにはいられない。

「ふ、……んぁ、……あ……っ」

だが、手が胸元にあると長い突き上げができないのか、だんだんと腕は胸元から外れて、腰に移動した。

腰を引っ張り上げられ、体重を乗せて叩きこまれる。

勢いも、大きさもすごい。その張り詰めた先端で深い位置まで一気にえぐられると、腰が跳ね上がるほど感じた。

「……ん、……ん、ん、ん……っ」

感じすぎて腰を立てておくことができず、突き上げの勢いにも負けて、ベッドにぺたんと落ちてしまう。

すると、そのままベッドに腰を押さえこまれ、肉の薄い双丘を強引にこじ開けるようにしながら、嶋田のものが入ってきた。足をそろえてベッドに押さえつけられているおかげで、挿入感をまともに受け止めることになる。

うつ伏せに押さえこまれ、まともに動けない状態で嶋田の突き上げを受けた。悠樹の性器はその動きによってベッドのマットに押しつけられて擦られ、乳首も擦られる。体内を容赦なくえぐられるだけでなく、身体の前側からも伝わってくる快感が強すぎて、悠樹は懸命にもがいた。

「せんぱ……い……っ」

呼びかけてから、三回深い突き上げた後で、嶋田の動きが止まった。

「ん？」

「身体、……おこし……たい……です」

訴えると、背後から嶋田の腕が上体に回されてきた。少し膝を立て、腕を突っ張りたいという願いだったのに、上体が嶋田の膝の上に乗ってしまうほど背後から抱き起こされ、己の体重で嶋田のものを深くまで受け入れる形となる。

「こう？」

完全に嶋田の腰の上に乗せられて、悠樹は大きくあえいだ。

「……ちが、……い、ます、けど」

だが、これで触りやすくなったとばかりに、嶋田の指が胸元に伸びてくる。ほんの少しの間、刺激が途絶えただけで、甘く疼き始めていた繊細な粒を無造作に押しつぶされた。

そのまま膝の上で上下に突き上げられると、角度が変わった嶋田のものからもたらされる快感に、全身が震えた。

「っんぁ、……そこ、……無理……っ」

深いところに、悠樹の弱点がある。この体位では、そこにまともにあたる。いつもならなかなか届かないそこに、切っ先をこすりつけるようにして突き上げられていた。

「っはぁ、……あ、……んぁ……っ」

嶋田は背後から悠樹を抱きしめ、全身の筋力を使って下から激しく突き上げてきた。華奢とは言えない悠樹の身体を、嶋田は自在に操り、もてあそぶ。

ベッドのスプリングも利用して、空中に投げあげられては、落ちてくるところを深々とえぐられる。その激しい刺激に、乳首をまさぐられる甘い快感が混じるのだからたまらない。

「っつあ、……だめ、せんぱい、……イっちゃ……」

「おまえに先輩って呼ばれるの、すごくいい」

耳元でささやかれ、その色っぽい声に聞き惚れそうになる。だが、こんなふうに串刺しにされている最中では、身じろぐだけでも奥の感じるところを嶋田のものがえぐって感じるから、片時

たりとも油断していられない。

「っん、……ぁ、……あ……っ」

「また、ミルク飲ませて」

そんな言葉とともに、嶋田の手が乳首に伸びた。背後からねだるように突起をつまみあげられ、そこから腰まで一直線に快感が走り抜けた。

さらに指の間できゅっと絞り出されながら、本格的な突き上げを受けることになる。

「は……っ、は、……は、は……っ」

揺り動かされながら、信じられない深い位置まで串刺しにされ続け、背筋が弓なりになって、背後にいる嶋田にもたれかかるような形になった。あとほんの少しの刺激があれば、達してしまいそうなほど、身体が昂っている。

「……な……に？」

そんな状態で動きを止められ、悠樹は震えた。自分からは迂闊に動けないほど極限の状態だったが、そんな悠樹の腰と足をつかんで、嶋田は向かい合う形に変えてくる。

「っん！」

ねじれた襞から不規則に伝わる刺激の一つ一つに反応していると、あらためて下から激しく突き上げられた。

「っぁ！　……は、……は、……は……は……っ」

身体が上下に動き、視界が定まらない。体面に体位を変えられたのは、乳首からミルクを吸うためだと、おぼろげに理解できていた。だけど、嶋田と顔と顔の位置が近いので、イく間際のこんな感じきった顔を全部見られてしまう。

だが、そんな悠樹の表情にすら嶋田は煽られているのか、視線が合うなり、中で嶋田のものが一段と大きくなるのがわかった。

「っんぁ！」

悠樹はただ呼吸するだけで精一杯で、突き刺さってくるそれを防御することもできない。熱く溶けて疼く体内を、むごいほどに抜き差しされた。腹の奥まで入っていきそうな勢いが怖くて、頑張って力をこめて締めつける。でも余計に感じてしまい、もがくように腰が揺れた。

「……は、……っは……っ」

「イクか？」

顔をのぞきこまれながら尋ねられて、悠樹はうなずいた。それを受けて、嶋田が乳首に噛みついてくる。

腰の動きも今までのものとは切り替わって、獰猛なものとなる。突き上げられるたびに歯が乳首に食いこみ、強烈な快感が広がる。その状態で身体を空中に押し上げられ、返す動きで深々とえぐられて、三度目の絶頂まで押し上げられた。

「っあっ、はっ、ん、……ぁうう、……うぁ、……あ、……あ、ぁあああっ！」

貫かれたままの全身ががくがくと跳ね上がる。

それから嶋田に乳首を預けるような格好でのけぞった。イっている最中にも、ミルクを吸われている。

歯を立てられるたびに、全身が痙攣（けいれん）する。乳首を引っ張られて吸い出される動きも、身じろぐたびに体内にごりっと当たるたくましいものも、何もかもが喜悦（きえつ）へとつながる。

たっぷりと吸い終わった後で、嶋田がそこから唇を離した。

とろけきった顔で、言ってくる。

「美味しかった」

そんな嶋田が愛おしくて、悠樹はその頭を抱きしめ、髪を撫（な）でた。

悠樹にとっては、薄まった牛乳の味でしかない。だが、こんなにも幸せそうな顔で求めてくれるのだから、途轍もなく美味しく味わってくれているのだろう。

——だって、できたのが、あのミルクババロアだから。

他にも、いろいろと美味しいミルク味を開発してくれるだろうか。

それを想像しながら、悠樹はそっと目を閉じた。

あとがき

このたびは、数多い選択肢の中から、この本を手に取っていただいて、本当にありがとうございます！

またしても、おっぱいミルク受です！　いつでもいろいろ理由をつけて、受ちゃんの乳首からミルクを絞り出さずにはいられない！　ミルクが出ちゃう受ちゃんも大好きですが、私は何かに取り憑かれたかのように、受ちゃんミルクを追い求める攻が、とてもとてもとても好きです！

今回も、受ちゃんに「そこまで？」と狼狽されつつも、ミルクを追い求める攻です。……好き。こういう攻、不憫で好き。ですよね！！！！！！

だんだんと性癖に正直になってきて、乳首特化話ばかり書いてしまうのが止められなくなってきました。皆様が応援してくださっている間は、どうにか乳首な話が書けますので、どうぞこれからも応援よろしくお願いします（土下座）

そして、このお話を素敵なイラストで彩ってくださった、奈良千春（ならちはる）先生！　本当にありがとうございました。いつでも細かなこだわりが感じられて、とても素晴らしいです。

何よりこの本を手に取ってくださった皆様に、心からのお礼を。

ご意見ご感想など、お気軽にお寄せください。ありがとうございました。

バーバラ片桐（かたぎり）

Lovers Label

苺乳の秘密
～後輩の甘い乳首が狙われてる～

ラヴァーズ文庫をお買い上げいただき
ありがとうございます。
この作品を読んでのご意見・ご感想を
お聞かせください。
あて先は下記の通りです。

〒102−0075
東京都千代田区三番町8-1
三番町東急ビル6F
(株)竹書房　ラヴァーズ文庫編集部
バーバラ片桐先生係
奈良千春先生係

2022年8月5日
初版第1刷発行

●著　者
バーバラ片桐 ©BARBARA KATAGIRI
●イラスト
奈良千春 ©CHIHARU NARA

●発行者　後藤明信
●発行所　株式会社　竹書房
〒102−0075
東京都千代田区三番町8-1 三番町東急ビル6F
代表 email： info@takeshobo.co.jp
編集部 email： lovers-b@takeshobo.co.jp
●ホームページ
http://bl.takeshobo.co.jp/

●印刷所　中央精版印刷株式会社